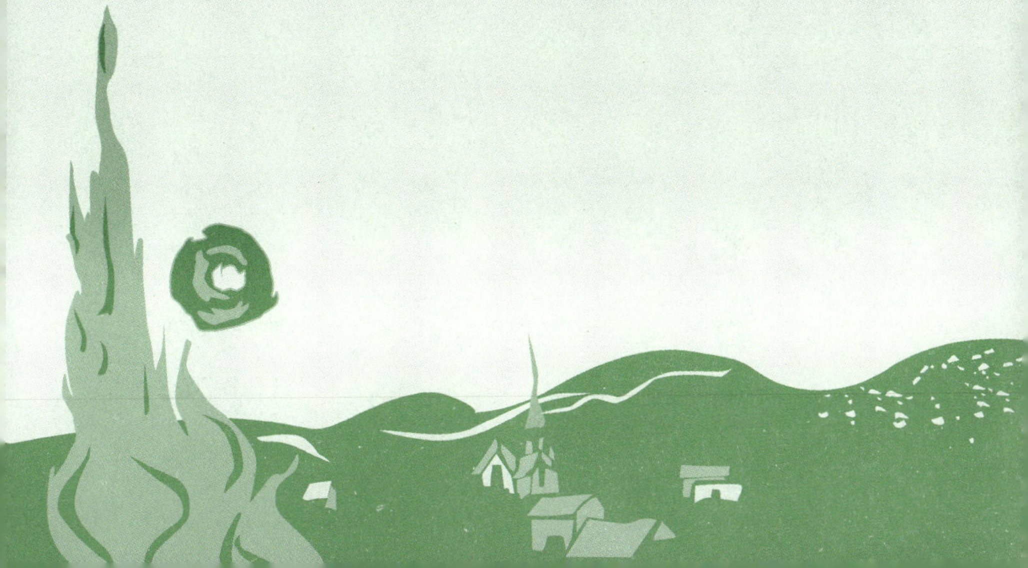

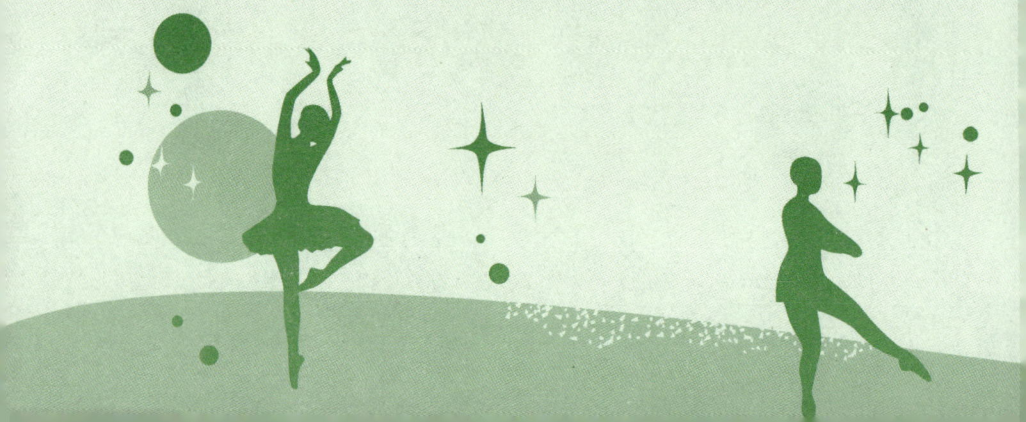

——少年人文美文系列——

美的创造者

艺术故事卷

徐 鲁 著

中原出版传媒集团
中原传媒股份公司

大象出版社
·郑州·

图书在版编目（CIP）数据

美的创造者：艺术故事卷 / 徐鲁著. —— 郑州：大象出版社，2022.4（2022.12 重印）
（少年人文美文系列）
ISBN 978-7-5711-1380-3

Ⅰ.①美… Ⅱ.①徐… Ⅲ.①散文集-中国-当代 Ⅳ.①I267

中国版本图书馆 CIP 数据核字（2022）第 043092 号

少年人文美文系列

美的创造者　艺术故事卷
MEI DE CHUANGZAO ZHE　YISHU GUSHI JUAN

徐　鲁　著

出 版 人	汪林中
策划编辑	张桂枝　孟建华
项目统筹	司　雯
责任编辑	丁子涵
责任校对	李婧慧　毛　路
装帧设计	王莉娟
责任印制	郭　锋

出版发行	大象出版社（郑州市郑东新区祥盛街 27 号　邮政编码 450016）
	发行科　0371-63863551　总编室　0371-65597936
网　　址	www.daxiang.cn
印　　刷	河南瑞之光印刷股份有限公司
经　　销	各地新华书店经销
开　　本	890 mm×1240 mm　1/32
印　　张	8.25
字　　数	137 千字
版　　次	2022 年 4 月第 1 版　2022 年 12 月第 3 次印刷
定　　价	29.00 元

若发现印、装质量问题，影响阅读，请与承印厂联系调换。
印厂地址　武陟县产业集聚区东区（詹店镇）泰安路与昌平路交叉口
邮政编码 454950　　　　　电话 0371-63956590

目录
Contents

001 谈艺是美丽的事业（代序）
　　——致少年的你

001 燃烧的战歌

003 "冼星海大街"的故事
010 音乐家和星星的孩子
020 名曲里的童年记忆
033 最后的歌剧
039 燃烧的战歌
044 乘着音乐的翅膀

049　屋顶上的月光

- 051　应　诺
- 056　《月光奏鸣曲》
- 060　温暖的冬夜
- 065　屋顶上的月光
- 069　小提琴的故事
- 074　听哪，听哪，云雀
- 079　童年时代的钢琴声
- 086　心上的银杯
- 091　歌声温暖全世界
- 098　在月亮上漫步的男孩
- 103　松山芭蕾舞团的故事

109　搜尽奇峰打草稿

- 111　从齐白石画芭蕉说起
- 116　赤心国

130　搜尽奇峰打草稿
134　《开国大典》的故事
137　铁马冰河的英雄史诗
143　师者的风范
148　从小学徒到大画家

153　画布上的泪滴

155　红　虾
158　祈求的手
161　画布上的泪滴
166　神秘的《蒙娜丽莎》
173　孟特枫丹的甜美回忆
178　舞蹈课和苦艾酒

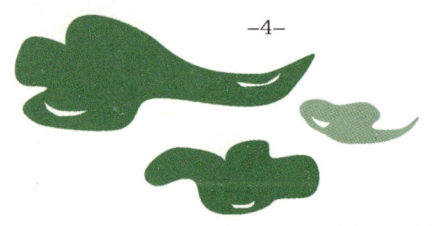

185 素馨花和樱桃树的芬芳

189 歌德与绘画

199 最珍贵的画箱

205 马里耶的小木屋

211 美的创造者

213 美的创造者

218 戏比天大

222 "决不能让武松倒下"

226 "小牡丹花"的故事

234 美丽的榜样

238 沙元里的怀念

243 "他只有他的莎士比亚"

246 笔记本里的素材

谈艺是美丽的事业（代序）
——致少年的你

2007年秋天，在荷兰阿姆斯特丹市凡·高美术馆里，面对凡·高的一幅幅绘画原作，我的心一次次被强烈地震撼着。这里的每一幅画，都是这位天才画家的痛苦结晶，是他的生命与激情的燃烧，即使是一幅简单的单色素描。

我一次次聆听着耳机里对一些作品的创作背景和画面含义的解说。其中有一段文字给我极其深刻的印象，使我感到，没有谁的文字能比凡·高自己的文字更能准确也更细腻和更深刻地去诠释他的色彩与心灵。请聆听凡·高的声音：

"……我所逗留的精神病院的庭院风景：右边是一个灰色花坛和一座房子的侧墙，一些没有开花的玫瑰丛。庭院向左侧延伸，被太阳烘烤的红赭色土壤上覆盖着坠落的松针。庭院这边种满了大松树，树干和枝条是红赭色的，绿叶在上

面形成浓荫，混合着黑色。这些高大的树木挺立在黄色大地上，对着黄昏带紫罗兰条纹的天空，而天空的更高处则变成了粉色、绿色。一堵也是红赭色的墙遮住了视野，有一个紫罗兰和黄赭色的山冈高过了它。现在最近的树只剩下一个巨大的树干，是被闪电击中，而后锯掉的。可是一侧的树枝高高射出，落下雪崩般深绿色松针。这忧郁的巨人——像一个被打败了的骄傲的男人——和他面前消失的灌木丛上最后一朵玫瑰苍白的微笑构成了对比。树下，空空的石凳，忧郁的黄杨树。黄色的天空投影在雨后留下的池塘。一束阳光，白昼的最后一缕光线，几乎把阴郁的赭色提升为橘色。到处有黑色的小人影徜徉于树干之间。

"你将认识到这红赭色，笼罩着灰色的绿，围绕着轮廓的黑色条纹，组合起来产生了某种极为痛苦的感觉，某种'红黑'。我不幸的同伴经常受这种痛苦的折磨。而且，被雷电击打的大树的主题，秋天最后的花朵那病恹恹的粉绿色微笑，都进一步确证了这种印象。……我给你描述这幅画面是要提醒你，一个人可以尝试予人痛苦的印象，而无须径直瞄准历史的客西尼园。"

凡·高即使在生命最后的时期，即使明明知道自己的忧郁与精神病已经相当严重，但他仍然没有放弃对生命、艺术和大自然的思考与热望。他对自己的追求有着多么清醒的认识。他说："我不觉得我们正在走向死亡。虽然我们确实感觉到我们是少数，为了成为艺术家链环中的一环，我们正在付出艰苦的代价。我们享受不到健康、青春、自由，我们就像驾辕的马拖着一车人去享受春天。"

这些"旁白"和解释是多么生动、准确和美丽啊！这使我想到，热爱绘画，欣赏绘画，仅仅去面对挂在画展大厅的一幅幅作品，还是不够的。我们还必须去热爱这个画家，去更多地认识和了解画出了这些作品的这个画家，究竟是怎样的一个人。就像我们热爱凡·高，除了看他的绘画作品，还应该去聆听他自己的声音，去读一读他的自传和日记，读一读他写给弟弟提奥的那些长长的、感人的书信。

法国作家、哲学家萨特对一位青年作家说过这样一句话："画那幅画的人就是我！"当我们面对一幅绘画杰作而心有所动、情有独钟的时候，我们也许就会在心里默默感叹：画这幅画的人就是我啊！也许只有这时候，一幅绘画作品才能真正向我们展示出它全部的美和艺术魅力。

绘画是如此，那么音乐呢？

罗曼·罗兰在《约翰·克利斯朵夫》的最后一卷《复旦》的卷首语之前，引用过舒伯特的一行不朽的乐谱和肖贝尔所配的德文歌词。翻译家傅雷是这样翻译这行文字的："你，可爱的艺术，在多少黯淡的光阴里。"

后面的歌词是："你安慰了我生命中的痛苦，使我心中充满了温暖和爱情，把我带进美好的世界中……每当受苦的人把琴弦拨动，发出了一阵甜蜜圣洁的和声，使我幸福得好像进入天堂。可爱的艺术，我衷心感谢你！可爱的艺术，我感谢你！"

无论是舒伯特、罗曼·罗兰，还是肖贝尔、傅雷，更不用说罗曼·罗兰笔下的主人公了，他们都是伟大的、可爱的艺术的最热烈的拥抱者。他们对于音乐，对于艺术，都无一例外地怀着一种忠诚和神圣的感情。因为心中充满了音乐，所以他们对于世界上一切美好的东西充满了人道和良知，音乐使他们变得更加伟大、善良、欢乐、勇毅和坚定！

还有什么样的激情是音乐所不能燃起或抑制的呢？莎士比亚在他的戏剧里，一再赞叹过音乐的"魔力"："俄耳甫斯弹琴的地方长出了树林；俄耳甫斯歌唱的时候，积雪的山顶也把它们的头儿倾斜；花儿和草儿听到他奏的乐曲，便都欣欣向荣，好像阳光和雨水使它们永不凋谢。"这巨大的"魔力"不是因为别的，只因为俄耳甫斯的琴弦，"是用诗人的心肠做成的"，所以，它的金石之音足以使木石为之感动，猛虎贴耳驯服，巨大的海怪会离开深不可测的海底，到沙滩上应声起舞……

啊，你，可爱的艺术！

你是一些声音，更是无限的感情。你在寻找那些善于倾听的耳朵，但你更是为了激起精神世界的反应而诞生。供你栖息的地方不仅仅是耳朵、眼睛、肢体，而且是心灵。对于那些孤独和痛苦的心，你，是欢乐的朋友、温暖的巨手、仁慈和善良的女神；对于漫长和寂寞的黑夜，你，是不可思议的白昼和光明！黯淡的年月里，你，是天宇中的星辰，遥远的地平线上强劲的西风；平庸的岁月里，你，是人人渴望的那一片浪漫的月光，那一阵智慧和激情的钟声……

啊，艺术！不朽的艺术！一切都会匆匆消逝，唯有你能够长存。你是内在的海洋，你是深邃的灵魂。你，不仅仅是苦难的约翰·克利斯朵夫的生命的灵泉，你也是一切善良、孤独和智慧的心灵的金窟和避风港。多少人，从你明亮的眼

睛看到了光明,从你缄默的嘴巴看到了笑容。栖息在你的心头上,却听到了永恒的生命在跳动……

啊,你,可爱的艺术啊!

谈艺是美丽的事业。那么,亲爱的少年朋友,请跟我来,我用这本讲述音乐家、美术家、戏剧家们的生活和创作故事的美文集,邀请你们,与我一同踏上这段新奇的艺术旅程……

徐鲁

燃烧的战歌

「冼星海大街」的故事
音乐家和星星的孩子
名曲里的童年记忆
最后的歌剧
燃烧的战歌
乘着音乐的翅膀

"冼星海大街"的故事

※

用一条以冼星海的名字命名的大街,铭记着一段美丽的跨国友谊。

1935年,音乐家冼星海结束了他艰辛的留法生活,回到了祖国母亲的怀抱。

他是1929年去巴黎的,师从于著名的提琴家帕尼·奥别多菲尔和著名作曲家保罗·杜卡斯学习音乐。回首巴黎,那是多么艰辛的日子啊!为了自己的艺术事业,他以惊人的毅力,在异国他乡忍受着难以想象的屈辱、轻蔑和生活的拮据。他做过餐厅跑堂、理发店杂役、看守电话的佣人和其他许多艰苦的工作。他也曾在巴黎街头徘徊整整3个星期,却找不到任何工作,几次晕倒在梧桐树下。

一个冬夜,寒风肆意地吹袭着他的小屋,一股股逼人的冷气袭向他的全身。他在远离了祖国和亲人的地方,痛苦地想象着、怀念着,思绪越过了茫茫重洋。他在寒风中独吟起诗人杜甫的诗句:"八月秋高风怒号,卷我屋上三重茅……"这时候,一

种创作冲动使他忘记了孤独、饥饿与寒冷。那呼啸的狂风，就像是祖国人民正在和苦难的命运进行殊死搏斗时呐喊的声音。他的胸中燃烧着一种壮烈和炽热的激情。他几乎是发狂般地俯身在冰冷的小屋里，创作出了那些著名的早期音乐作品《风》和《游子吟》等。

在巴黎那艰辛的日子里，神圣的音乐在他心中闪光。每天黄昏时分，当他拖着疲惫的身体，回到自己那个位于7层楼顶上的鸽子笼式的小阁楼里，他的第一个动作就是去抚摸他那把心爱的小提琴。因为阁楼太矮小，他只能打开天窗，将身子伸出屋顶，对着满天的星星拉出他深情的琴音。他的琴一天比一天拉得更好，因而受到巴黎的音乐大师们的好评，并且得到了考取巴黎音乐学院高级作曲班的机会。可是在考试那天，门警却拦住了他：

"修下水道的吗？出示证件！"

"不，我是来投考的。"冼星海回答说。

"什么？投考的？"

门警上下打量着他，以为这个苦力模样的中国年轻人在开玩笑。正在纠缠不清时，一位认识冼星海的老师走过来，他才得以进去。考试结束，主考教授们对他的成绩十分满意。他们决定给冼星海荣誉奖，并告诉他："按照本学院的传统，你可以自己提出物质方面的要求。"

"物质方面的?"

贫穷的青年音乐家这时才感到一种紧张后的疲乏,肚子里咕咕直叫,耳朵也莫名其妙地嗡嗡响了起来。饥饿使他嗫嚅着,轻轻地说出了自己的要求:

"请给我几张饭票……"

几乎与艺术生活一同开始的那些饥饿日子,锻炼了他作为一位伟大的人民音乐家的坚强的意志和坚韧的品质。冼星海拂了拂被海风吹乱的头发,把目光转向了亲爱的祖国的方向……

他一回国,便积极投身到了伟大的抗日救亡运动之中,创作了大量战斗性的群众歌曲,如《救国军歌》《路是我们开》《黄河之恋》《夜半歌声》《到敌人后方去》《在太行山上》等,还创作了不朽的大型声乐作品《黄河大合唱》和《生产大合唱》。

因为在发展我国民族音乐中所做的巨大贡献,他赢得了"人民音乐家"的伟大称号。现在,几乎所有的中华儿女,只要一想到"冼星海"的名字,耳边就会激荡起那古老的黄河之波,回响起那雄浑的不朽涛声。

哈萨克斯坦是"一带一路"沿线上的一个重要国家。中国与哈萨克斯坦两国人民的真诚友谊,也赢得了全世界的赞美和

敬佩。有一个动人的故事,一直在中、哈两国传颂了半个多世纪,也感动了世界上越来越多的人。

在哈萨克斯坦的阿拉木图市,有一条大街是以中国音乐家、《黄河大合唱》作曲者冼星海的名字命名的。在这条大街上,还矗立着一座美丽、庄重的冼星海纪念碑。纪念碑身是美丽的莲花造型,纪念碑的基座上有层层荷叶,纪念碑上部就像莲花绽放。纪念碑上还镌刻着冼星海的头像浮雕、生平简历,还刻有他创作的交响诗《阿曼盖尔德》的第一行乐谱。

为什么在遥远的异国他乡,会出现一条"冼星海大街"呢?

原来,1940年5月,冼星海遵照中共中央的指示,从延安出发,前往莫斯科,为一部大型纪录片《延安与八路军》进行后期制作与配乐。可是,第二年,苏联卫国战争爆发,影片制作陷入停顿。这时候,中国的抗战烽火正在燃烧,冼星海很想早点回国,继续投身到伟大的抗战之中。但是,他回国的道路被战争切断了。

1942年年底,冼星海辗转来到阿拉木图,打算从那里取道回国。可是没想到,从阿拉木图回中国的道路也走不通了。

战争年代里,音乐家流落异域,身无分文,连住宿的房费都付不起了,一连几天都只能饿着肚子。因为思念祖国心切,加上吃住都成了问题,冼星海在陌生的异国不幸又患上

了疾病……

就在这时候,阿拉木图的一位音乐家拜卡达莫夫先生,在一次音乐会上见到了无家可归的冼星海。

拜卡达莫夫一家人的生活虽然也不怎么宽裕,但是他毅然热情地收留了冼星海,给这位来自中国的音乐家提供了一个栖身之地。

那个年代,到处都在打仗,拜卡达莫夫一家平时能领到的食物也非常少,但他们全家都把冼星海当成自己家里的一员,和他分享着宝贵的一点食物。

拜卡达莫夫的女儿拜卡达莫娃后来回忆说,冼星海为人谦和,经常给她吹口琴、拉小提琴。冼星海也不忍心太过拖累拜卡达莫夫一家,就把随身携带的所有值钱的东西,包括音乐书籍、手表等,变卖一空,换回了一些食物,和这一家人分着吃。

在滞留阿拉木图的日子里,拜卡达莫夫与冼星海结下了深厚的友谊。拜卡达莫夫十分欣赏冼星海的音乐才华,就推荐他到北方的科斯塔奈市音乐馆做了音乐指导。

在这期间,冼星海经常和当地的音乐同行一起去偏远的山村巡回演出。演出回来后,就拖着羸弱的身子夜以继日地创作新的作品,先后完成了交响乐《民族解放》《神圣之战》和管弦乐组曲《满江红》等。他很喜欢哈萨克民族音乐,还尝试着

创作了大量带有哈萨克民族音乐风格的作品，包括歌颂哈萨克民族英雄的交响诗《阿曼盖尔德》。

贫困、疾病的磨难，加上当地严寒的气候，最终击垮了冼星海的身体。有一次，他去山村演出时，不幸感染了肺炎。几经周折，冼星海被送到了莫斯科救治。

在莫斯科的医院里，冼星海仍然念念不忘音乐创作。即使在生命垂危的日子里，他还请求苏联的朋友多带一些五线谱稿纸到医院，以便他可以随时把音乐灵感记录下来。

1945年，这位伟大的中国音乐家，因医治无效，不幸英年早逝，年仅40岁。

拜卡达莫娃回忆说，她的父亲当时只知道，带到家里的这位就像一个街头流浪者一样的中国音乐家，名字叫"黄训"，其他什么也不太知道。"黄训"是当时冼星海使用的一个化名。当冼星海病逝后，她的父亲才从当地报纸上得知，黄训就是中国杰出的音乐家冼星海。

今天，虽然冼星海和拜卡达莫夫都已不在人世了，但是，拜卡达莫娃和冼星海的女儿冼妮娜，仍然珍惜和延续着父辈们在战争和苦难的岁月里用真情、用鲜血凝成的友谊。她们两人书信不断，亲如姐妹。

阿拉木图，这座曾让冼星海饱受饥饿和寒冷，也给过他亲

人般的温暖和创作灵感的城市,用一条以冼星海的名字命名的大街,铭记着一段美丽的跨国友谊,也为伟大的"一带一路",为中哈两国的友好交往,增添了一处永恒的风景。

这条大街,现在每天都在向全世界的游客,也将向未来的世世代代,讲述着这个遥远的、动人的故事。

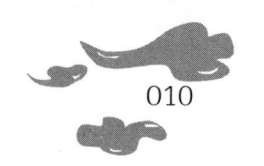

音乐家和星星的孩子

———— ✵ ————

曹爷爷说:"音乐是世界的灵魂,也是抚慰孩子们的天使……"

晴朗的夜晚,当你抬头仰望,会看见许多的星星,像明亮的眼睛,像晶莹的宝石,像小小的灯笼,在静谧的夜空一闪一闪。

如果仔细观察,还会发现,每颗星星都好像一个孤单的小孩,安静地停留在自己的位置上,冷冷清清,默默闪烁……

那些不幸患有自闭症的小孩,也被人称作"星星的孩子"。

天天很小的时候,细心的妈妈就发现,他的举动和别的小朋友有点不一样。在幼儿园里,天天只喜欢静静地待在一边,不肯和小朋友一起玩耍……

"多么可爱的孩子啊!可是……"医生经过诊断,只能如实告诉天天的妈妈说,"您的孩子,患有先天性自闭症……"

儿童自闭症,又称儿童孤独症。患上自闭症的孩子,日常表现的主要特征是:不肯与人交流,语言沟通存在障碍,活动兴趣和范围狭窄,日常行为举止重复刻板,等等。这些症状,通常在3岁前就会表现出来。

遗憾的是，对于自闭症的患病原因，目前医学上还没有明确结论，一般认为是遗传和环境两个因素导致的，暂时也没有根治方法。但医学专家认为，早期诊断和干预治疗，可以有效改善自闭症患者的生活质量。2007年12月，联合国大会将每年4月2日定为"世界自闭症关注日"。

天天读五年级的时候，老师问他："天天你看，谁来接你了？"

天天默默摇摇头。他回答不出来，站在面前的是自己的妈妈。

不难想象，妈妈心里是多么难受啊！无数个夜晚，妈妈守着这个小男孩，望着窗外闪亮的星星，默默流着眼泪，在心里说："儿子，妈妈每天在用全部生命爱着你、守着你，可你为什么仍然没有一点安全感啊……"

妈妈的心快要碎了。

直到有一天，妈妈和天天遇到了老音乐家曹鹏爷爷……

曹爷爷是居住在上海的一位音乐指挥家，他把自己几十年的心血和才华都献给了热爱的音乐。80岁那年，曹爷爷多方奔走，成立了国内第一支业余交响乐团：上海城市交响乐团。

曹爷爷的大女儿曹小夏是大提琴手，小女儿夏小曹是小提

琴手。他动员已定居在日本的大女儿和定居在美国的小女儿，都回到家乡上海，加入了这个乐团。

83岁那年，曹爷爷又把慈爱的目光投向了那些默默无言的"星星的孩子"，成立了一个"天使知音沙龙"。

曹爷爷说："音乐是世界的灵魂，也是抚慰孩子们的天使……"他相信小提琴、长笛、萨克斯、长号、圆号……这些神奇的乐器奏出的音乐，具有润物无声的"治愈力"。

所以，曹爷爷常常对来到他身边学习音乐的孩子说："嘿，我的小音乐家们，不要灰心，世界属于每个人，也是属于你的！"

有一天，曹爷爷还特意找来几位科学家的画像，告诉孩子们说："嘿，你们看，有些大科学家，也曾是'星星的孩子'哟！爱因斯坦小时候还被人叫作'怪小孩'呢！"

现在，曹爷爷90多岁了，每周仍然会到乐团参加排练，陪伴孩子们学习音乐。

每次来乐团，曹爷爷一手拄着拐杖，一手靠着女儿搀扶，先是颤颤巍巍地登上舞台的三步台阶；站定歇息一下，再登上两级台阶，进入指挥台。

曹爷爷说，进入了指挥台，就是进入了自己的"阵地"。虽然他已经没有力气长时间站着指挥了，只能坐在一张旋转椅上，但只要指挥着乐团的演奏，就像在指挥着"千军万马"……

舞台上的灯光，映照着曹爷爷稀疏的白发和脸上的皱纹。只要音乐一响起，他的手臂还是那么快捷有力！小小的指挥棒上，好像一下子有了"魔力"……

哦，神奇的音乐！刚刚还是狂风暴雨、雷霆万钧……突然间，又给我们送来了流淌的月光、夜莺的轻唱……

哦，美丽的音乐！你给人们带来温暖和安慰，也带来力量和希望！你，抚平了多少不安的心灵！在黯淡的日子，在忧伤的时刻，你像母亲，用温暖的手抚摸着受伤的孩子……

这天，妈妈带着天天，来到了仰慕已久的曹爷爷面前。

"曹老，请让这个孩子跟着您学习音乐吧！很多人都对我说，您的音乐，能够帮助我的儿子……"

曹爷爷缓缓俯下身，疼爱地望着天天，轻轻拉起他的小手问道："孩子，请告诉爷爷，你愿意学习音乐吗？"

天天没有回答，却默默地点了点头。

妈妈看到天天点头了，激动得噙着泪花，给曹爷爷深深鞠躬。

曹爷爷说："每个小孩，都是上天赐给我们的宝贝哪！请回去先给孩子准备一支长号吧。我们一起努力，但愿伟大的音乐能帮助孩子，打开他关闭的心门……"

早晨的霞光，像绯红的衣衫，披在天天和妈妈身上。好像整个世界张开了怀抱，在迎纳这个孩子的新的一天、新的未来……

妈妈牵着天天的手,天天背着一支闪亮的长号,再次来到曹爷爷的乐团。妈妈惴惴不安地把小男孩交给了曹爷爷。

突然,天天也照着妈妈的样子弯下腰,给曹爷爷深深鞠了一躬。

"曹老……真不知道怎样感激您才好……"

"不,我应该感谢你的信任!如果音乐能改变孩子的生活,那将胜过任何感激,也抵得过我能给予他的一切东西。"

乐队正在排练一支交响乐,天天好像暂时还无法被音乐吸引住,他只是在一边用心擦拭着他心爱的长号。

曹爷爷拄着拐杖,站在一边笑眯眯地看着他……

音乐,就这样开始每天陪伴着天天了。

妈妈看到,天天每天都会把长号仔细地擦了一遍又一遍。妈妈知道,这是所有"星星的孩子"都会有的举动。

不久,天天能够自己背着长号,去曹爷爷的乐团了。

每次出门前,天天都会站在家门口抱抱妈妈,和妈妈道别。可是,妈妈实在还是有点放心不下啊!

每次等天天走远了,妈妈就会悄悄跟在后边,远远地观察着他:会不会突然忘记了要去哪里?会不会走错了方向?

远远地望着儿子,准确地拐过了大街的墙角……

远远地望着儿子，跟着行人在等待绿灯亮起……

远远地望着儿子，安全地走过斑马线……

远远地望着儿子，安安静静地坐在地铁座位上……

远远地望着儿子，走出了地铁出口……

远远地望着儿子，走进了乐团的大门……

这一瞬间，妈妈感到多么安慰和幸福啊！倚靠在霞光照耀的墙上，妈妈已是满眼泪花，双手合十，好像正在默默祈愿："世界啊，生活啊，今天，我把这个可爱的小男孩交给了你。明天，你会还我一个怎样的人呢？"

日子一天天在流淌……

天天背着长号，走过熙熙攘攘的人群。

妈妈仍然悄悄地、远远地跟在后面，望着儿子孤单的背影。

曹爷爷也拄着拐杖，缓缓迈上乐团门前的台阶，定时来到乐团排练、辅导天天吹奏长号……

曹爷爷的指挥棒是多么神奇啊！所有的乐器，都听从着他的指挥……

小提琴像个快乐的小孩子，放飞出一只只音乐的小鸟。小鸟，小鸟，一会儿在阳光里飞翔，一会儿又落在树枝上，梳理着轻盈的羽毛……

大提琴像一位深情的妈妈，在暮色里唱着低缓的歌谣。好

像在轻轻呼唤：小鸟，小鸟，你在哪里飞翔？快快回到妈妈温暖的怀抱……

曹爷爷一边指挥着演奏，一边微笑着望着天天。好像正在告诉天天：孩子，你听，你听，那是妈妈的呼唤，还是小鸟的歌声？

天天缓缓地端起他的长号，放在嘴边……

好像是妈妈温暖的手指，在轻轻抚摸着天天的脸庞。好像是妈妈温柔的声音，在轻轻呼唤着天天的名字——

"天天，你听……"

"天天，你看……"

"天天，快来呀……"

"天天，和大家一起开心地笑吧……"

在许多的日子里，曹爷爷好像成了天天一个人的音乐指挥。有一天，曹爷爷让天天拿着指挥棒，站到了小小的指挥台上……

舞台下空无一人，只有一束明亮的追光，照着天天小小的、孤独的身影。天天缓缓举起指挥棒的那一刻，耳边好像响起了最美的音乐……

在桃花盛开的湖畔，在飘着金色落叶的公园里、长椅边，在坐满了观众的音乐厅里……

曹爷爷的指挥棒，大姑姑曹小夏的大提琴，小姑姑夏小曹的小提琴，闪亮的长号和圆号，还有妈妈的身影……当然，还有那些看不见的、飞翔的音符和旋律……时刻都在陪伴着天天。

妈妈看到，她亲爱的小男孩长高、长壮了！

更重要的是，她的小男孩第一次露出了浅浅的笑容！

天天笑了，妈妈却哭了……

天天懂事地伸出双手，轻轻为妈妈擦去了泪花。

妈妈把天天紧紧搂在了怀里，幸福地说道："孩子，我的孩子！妈妈永远这样爱你，永远！"

这天晚上，一场隆重的音乐会正在音乐厅上演。还是曹爷爷坐在指挥台的旋转椅上，担任乐团指挥。

天天穿着雪白的衬衣和崭新的蓝色西装，打着漂亮的领结，和妈妈一起坐在前排的观众席里。

天天仰着头，目不转睛地望着曹爷爷的一举一动。曹爷爷也看到了坐在最前面一排的天天。他一只手举着指挥棒，另一只手手心向上，伸向台下，好像在隔空拉一拉天天的小手一样。

天天也微笑着，手心向上，朝着指挥台上的曹爷爷伸出了双手，好像已经拉到了曹爷爷温暖的大手……

透过晶莹的泪光，妈妈和她身边的观众，都看到了曹爷爷和小男孩这无声的交流……

"下一首乐曲，《五月的鲜花》……"

曹爷爷全神贯注投入在音乐指挥里，灯光照耀着他的满头白发。深情和悲怆的音乐里，好像闪过了曹爷爷的一生——

小时候，日本侵略者踏进了这座美丽的城市。大街上布满铁丝网，响着凄厉的警报声……不愿做亡国奴的孩子，捏着小小的拳头，朝着侵略者投去了愤怒的目光！

青年时，他和爱国的同学一起悄悄离开家乡，参加了新四军，奔向了北方的抗日战场……

"五月的鲜花开遍了原野，鲜花掩盖着志士的鲜血。为了挽救这垂危的民族，他们曾顽强地抗战不歇。……"最终，无数的中国人，用鲜血和生命换来了抗战的胜利！

新中国诞生后，曹爷爷进入莫斯科音乐学院，跟着一位指挥大师学习音乐指挥。从这以后，他的生命就和音乐紧紧联系在一起了！

乘着音乐的翅膀，曹爷爷好像看见贝多芬在微笑，肖邦在微笑，鲁宾斯坦在微笑……

在地球的光中，在人类的爱里……灿烂地舒展开一张张笑脸的，还有那些"星星的孩子"……

静谧的夜晚里，一颗颗星星，像璀璨的宝石一样在夜空闪烁。美丽的星空下，天天背着长号，拉着妈妈的手，踩着晚风吹动的遍地落叶，走回家去。金色的落叶，在天天和妈妈的脚下，发出了沙沙、沙沙的声响……

"世界啊,你听我说:我的孩子长大了!真的长大了!"看着儿子坚定的脚步和身影,面对璀璨的星空,妈妈在心里幸福地说道。

夜色里,一颗颗晶莹的泪珠,又从妈妈眼里滚动出来,啪嗒啪嗒,滴落在金色的落叶上……

名曲里的童年记忆

———— ✽ ————

夏日的树影拖得再长,也离不开树根。

《小燕子》

春天来了,春天来了……

她带着温暖,含着微笑;她戴着花冠,挥舞着柔软的柳条,一步步,一步步,越过叮咚的小溪,向我们走来……

她用温暖的春光,把每一块水田变得明亮、松软;她用沙沙的雨声,轻轻唤醒了每一朵小花和每一株小草。"布谷!布谷!"她把布谷鸟的歌声,传送到了远方的每一片山野;也给声声呢喃的小燕子,送来了软软的春泥、暖暖的新巢……

小燕子,小燕子,告诉我,你在唱着什么快乐的歌?

小燕子,穿花衣,
年年春天来这里,

我问燕子你为啥来？
燕子说：这里的春天最美丽！

小燕子，告诉你，
今年这里更美丽，
我们盖起了大工厂，
装上了新机器，
欢迎你，长期住在这里。

　　新中国的一代代孩子，有谁没有唱过这首好听的儿歌《小燕子》呢？这首歌的词作者，名叫王路。1955年，王路在湖北省黄石市工作时，看到自己家乡日新月异的新面貌，还有工人、农民们都在热火朝天地为建设新中国添砖加瓦、贡献自己力量的场面，就情不自禁地写下了这首儿歌。

　　《小燕子》首次发表在1956年《长江文艺》上。第二年，王路又和北京的音乐家王云阶合作，把这首儿歌改编成了电影《护士日记》的插曲，并由这部《护士日记》的主演、著名电影演员王丹凤演唱。

　　这首歌通过与春天里的小燕子的一问一答，描绘出了春天的大自然生机盎然的气息，赞美了祖国大地画山绣水的美丽和繁荣景象，表达了人们对春天、对祖国、对新生活的热爱。

明朗、优美的旋律和清浅、简单的歌词，也像在春光中呢喃和飞翔的小燕子一样，引领着孩子们，去寻找、发现和感受美丽的春天。

在小燕子飞过、孩子们奔跑过的地方，在春天女神赤脚走过的地方，冰河慢慢融化了，土地悄悄解冻了，雪花在天空化作了细雨……

啊，春天来了，春天来了……

大家一边唱歌一边可以想象一下春天的景象：

桃花、杏花、梨花……都在大地上盛开了，映山红开在温暖的小山坡上。野樱树披上了粉红色的衣衫，每一朵小小的蒲公英，也都戴上了迷人的金冠。蝴蝶轻轻起舞，蜜蜂嗡嗡歌唱。小溪弹着明亮的琴弦，叮咚叮咚流向远方……

那么来吧，来到公园里，来到小河旁，来到开满金色油菜花的田野上，看和煦的南风托起孩子们的风筝，飞得多么远、多么高；跟着剜荠菜的小姑娘，挎上小竹筐，赤脚涉过春天的小溪；听骑在牛背上的小牧童，一声声吹响清新的叶笛和柳哨……

《茉莉花》

　　夏日的大雷雨，一会儿来，一会儿去，一遍遍洗着我们的城市和村庄，还有远方青青的田野、草原和森林……

　　弯弯的彩虹是最美的桥，等待着我们走过夏日的山谷。好像有无数颗小露珠，在雨后的小树林里闪亮。睡午觉的蘑菇们醒来了，在草地上玩起了捉迷藏。野樱树抖着满身晶亮的水珠，绯红的石榴花正在枝条上绽放。蒲公英乘着洁白的小伞，搭着轻柔的微风，飞向远方……

　　洁白的茉莉花也在窗台上悄悄盛开了。

　　小茉莉，小茉莉，告诉我，你为什么这样芬芳又美丽？

　　江苏民歌《茉莉花》，是一首传遍全世界的名曲。在许多国际音乐会上，人们常常能听到这首来自中国江南的《茉莉花》的优美旋律。在1997年香港回归祖国怀抱的交接仪式上，在2004年雅典奥运会闭幕式上，在2008年北京奥运会开幕式上，在2014年南京青年奥运会开幕式上……都响起过人们倍感熟悉和亲切的《茉莉花》的动听旋律……这首歌被赞誉为"中国文化的代表元素之一"。轻柔舒缓的抒情曲，好像带着茉莉花淡淡的芬芳：

好一朵茉莉花，

好一朵茉莉花，

满园花草香也香不过它。

我有心采一朵戴，

看花的人儿要将我骂。

好一朵茉莉花，

好一朵茉莉花，

茉莉花开雪也白不过它。

我有心采一朵戴，

又怕旁人笑话。

好一朵茉莉花，

好一朵茉莉花，

满园花开比也比不过它。

我有心采一朵戴，

又怕来年不发芽。

这首名曲有两个版本。上面的这个版本，是由音乐家何仿收集整理的。最早是在1942年冬天，何仿随新四军"淮南大众

剧团"到六合金牛山地区开展宣传工作,从一位民间艺人那里听到了民歌版本《鲜花调》并记录下来。后来,他将原词中咏唱到的三种鲜花:茉莉花、金银花、玫瑰花,修改成为一种,集中突出了茉莉花的特点,对歌词的顺序也稍微做了调整,把原来的民歌歌词中女子的自称、带有封建社会色彩的"奴"字,改成了"我"字。后来,在1957年、1959年,何仿又做了两次修改,进一步完善和丰富了这首江南民歌的旋律。

歌中借助对江南常见的茉莉花的咏唱,抒发了江南女子心地纯净善良、热爱生活、热爱家乡的美好心愿,也传达出了中华民族爱花、怜花、惜花的美德和美丽乡愁,以及对宁静、和平和幸福生活的向往与追求。

这首《茉莉花》还有一个更为简洁的版本。很多外国人经常演唱的都是这个简洁的版本:

好一朵美丽的茉莉花,
好一朵美丽的茉莉花,
芬芳美丽满枝桠,
又香又白人人夸。
让我来将你摘下,
送给别人家,

茉莉花呀茉莉花。

夏日的树影拖得再长,也离不开树根。无论我离开家乡走得多么远,也走不出妈妈牵挂的心。

当茉莉花淡淡的芬芳飘来的时候,当晚风又把天边的云彩轻轻吹动,星星闪耀在蓝蓝的夜空,我多想、多想重新坐在高高的谷堆上面,和小伙伴们再数一次星星;我多想、多想重新站在村口的大槐树下,再听一次妈妈唤我回家加衣裳的声音……

萤火虫在远处画着迷人的金线和银线,我梦中的小鸟,一只一只都飞进村边老树的怀抱里去了。啊,我梦中的青春小鸟,好像小精灵一样躲藏在密密的树叶里,夜夜都在呼喊我的名字。

《送别》

秋天给每一片小树林都穿上了红色和金色的衣裳,好像每一条山路,都铺满了红色的树叶、金色的阳光。秋天给小松鼠、小刺猬、小獾和果子狸等,送来了松子、橡子、豆荚和红红的小野果做过冬的礼物。

秋天也是离别和送别的季节。就连秋天自己,也要远行了。你看她正在开满野菊花的山坡上,依依不舍地散步。好像每一朵小小的野花，都想把她留住。

你听，一朵小野菊，好像张着小嘴巴，正在对她羞涩地低语：秋天，秋天，什么时候你再回来？你会不会忘了回家的小路？

看过电影《城南旧事》的人，都会记得小主人公英子毕业时，同学们都要各奔东西了，这时，影片中响起了一首很多人都十分熟悉的老歌《送别》的旋律：

长亭外，古道边，
芳草碧连天。
晚风拂柳笛声残，
夕阳山外山。

天之涯，地之角，
知交半零落。
一瓢浊酒尽余欢，
今宵别梦寒。

一般人都认为，这是中国艺术教育家李叔同（弘一法师）创作的一首作品。其实，这首歌只有歌词是李叔同填写的，曲

子是借自美国作曲家、音乐教育家约翰·庞德·奥德韦创作的名曲《梦见家和母亲》。

李叔同在日本留学时，日本有一位作词家犬童球溪，1907年采用《梦见家和母亲》的旋律，填写了一首名为《旅愁》的词，这首歌给李叔同留下了深刻的印象，1915年李叔同也依据《梦见家和母亲》的曲调填写了一首词《送别》。

这是一首别情依依、感情真挚而又略带伤感的送别歌曲，抒发了人生旅程上与少年同窗、与知心旅伴、与亲朋挚友分别时的离愁别绪。无论是长亭、古道，还是笛声、夕阳，都与离愁别绪相互衬托和映照，一波三折、回返往复的旋律，更是把这种落寞和离愁推向了高潮，也唤起了人们对同窗友谊、对真挚友情、对怡怡亲情的感念和珍惜……

离歌响起的时候，好像有无数棵静美的树木，站立在空旷的原野上；好像每一条伸向远方的道路上，都铺满了金色的树叶和阳光。旅人倚着他的马车，目送一群群大雁飞向南方；小小的稻草人也站在田边，破旧的衣衫迎风飘荡……

《渔光曲》

下雪啦，下雪啦。雪花轻轻落啊，落啊……

落在高高的山顶上，落在老橡树和小松树上，落在深深的河谷里，落在收获后的田野上，落在小小的稻草人身上，落在青青的麦田里，落在麦田边金色的草垛上，落在小渔村的屋顶上，落在爷爷挂在墙边的旧渔网上……

下雪啦，下雪啦。雪花轻轻落啊，落啊……

不一会儿，厚厚的雪就会盖住村外的每一条小路。这时候，在淡蓝色的炊烟里，奶奶会为我做起香喷喷的冬米糖；在温暖的小屋里，爷爷会给我讲起许多出海的故事……

听，有一支深情的海之歌，唱出了多少代打鱼人的艰辛、希望和心中的期盼……这就是由安娥作词、任光作曲的民歌《渔光曲》。这首歌创作于1934年，当时是一部同名电影《渔光曲》的主题曲。

云儿飘在海空，
鱼儿藏在水中。
早晨太阳里晒渔网，
迎面吹过来大海风。
潮水升，浪花涌，
渔船儿飘飘各西东。
轻撒网，紧拉绳，

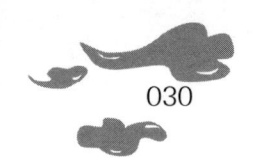

烟雾里辛苦等鱼踪。
鱼儿难捕租税重,
捕鱼人儿世世穷。
爷爷留下的破渔网,
小心再靠它过一冬。

东方现出微明,
星儿藏入天空。
早晨渔船儿返回程,
迎面吹过来送潮风。
天已明,力已尽,
眼望着渔村路万重。
腰已酸,手也肿,
捕得了鱼儿腹内空。
鱼儿捕得不满筐,
又是东方太阳红。
爷爷留下的破渔网,
小心再靠它过一冬。

这首歌就像是一首小叙事曲,抒写了一位打鱼的老爷爷每天天还没亮，就要顶着星星出海打鱼，然后又在太阳升起、大海退潮前，摇着渔船赶回家的辛苦生活。

为了写出东海边的渔民们的真实生活，当时，作曲家任光经常到长江的入海口吴淞口，观察渔民们捕鱼劳作，有时还亲自跟渔民们一起拉网、搬筐子。根据切身的体验，他在歌曲曲调里运用了一种好像海浪起伏一样的节奏，歌曲里飘摇着一种"船歌"的韵味。

20世纪30年代，正是中华民族经受着内忧外患、民不聊生的黑暗年代。这首歌写出了旧中国穷苦渔民的艰辛和苦难的生活，真实地反映了渔民们愁苦困顿的心情，当然，还有他们在困顿中咬紧牙关，奋力打捞着生活的希望，迎着海风和晨光走向明天的不屈意志。这也是整个中华民族坚忍不拔、自强不息的伟大精神。

这首歌不仅仅是一首充满深情和童谣风味的音乐名曲，也能帮助今天的孩子们更形象、更真切地去认识和感受旧中国底层人民的艰辛生活。

哦，下雪的日子里，你是否在深深的夜晚，也怀念过故乡的冬天？雪一夜之间就下得很深很深，清晨一开门就会发现，天地间变成白茫茫一片，洁白的雪覆盖了村庄的屋顶、草垛和墙头，还有村外的田野、小路和远山……

这时候，每一个温暖的屋顶上，都会飘起淡淡的炊烟；麻雀们也会惊奇地醒来，到处吵闹着和寻找着，哪里会有一块没有雪的乐园。村外的小路上，还会有一些小小的影子，拖着深深的脚印，正在越过白茫茫的远山……他们是要到哪里去呢？是不是正在踏雪寻梅，到山外去寻找美丽的春天？

最后的歌剧

———— ✳ ————

马思聪坚信,只要是真正的艺术,迟早会被广大的观众承认和理解。

"城墙上有人,城墙下有马,想起了我的家乡,我就牙儿肉儿抖。举目回望四野荒凉,落日依山雁儿飞散……风大啊黄沙满天,夜寒啊星辰作帐,草高啊盖着牛羊,家乡啊想念不忘……那边就是你可爱的故乡,就是有水鸟翱翔的地方,那边白云映红荔村前,孩子你为什么不回家?为什么不回家?"

这首深情的《思乡曲》原本是一支北方草原上的民歌。1937年,日本侵略者践踏着九州大地,中华民族面临严重的危机,音乐教育家马思聪把这首民歌的歌词和曲调稍加修改,移植进了自己的大型音乐作品《内蒙组曲》,作为其中的第二乐章。从此以后,这首听起来缠绵哀婉,令人感到一种撕心裂肺的疼痛的小提琴独奏曲,便成为了中国现代音乐的经典之作,感动着一代又一代中国人,唤醒了一代代华夏儿女深挚的怀乡之情和爱国热情。音乐教育家马思聪的名字,从此也和《思乡曲》

紧紧联系在了一起。

抗战期间,家乡沦陷,诗人和音乐家都流落到了陌生的异乡。在一次马思聪的小提琴独奏会上,徐迟听到了这首《思乡曲》。音乐家的琴声柔和而又哀伤,使流落他乡的诗人禁不住热泪滚滚。徐迟在晚年回忆说:当时这支曲子使我一阵阵感到了灵魂的颤抖。我那水晶晶的家乡江南小镇,那横跨小镇的三个穹隆形的大石桥,小莲庄上的亭台楼阁,分水墩的江浙省界,以及童年的梦幻和青年的怀恋,父亲的死别,母亲的生离,全在一刹那间,从琴声中显现了。

马思聪是一位蜚声海内外的小提琴演奏家、作曲家,还是一位著名的音乐教育家,曾经担任过新中国的最高音乐学府——中央音乐学院的首任院长。他的音乐名作除了《思乡曲》,人们耳熟能详的还有《西藏音诗》《山林之歌》及大合唱《祖国》《春天》等。

马思聪先生去世后,我曾经协助他的一位老朋友、诗人徐迟搜集、整理过一份《马思聪音乐作品目录》,比较完整的编号作品已经超过60个。徐迟先生是这样评价这位大音乐家的:"马思聪的全部作品是真诚的,是他的感情的结晶,心血的凝聚,爱国的证件,历史的记录,珍贵的遗物,价值连城的国宝,壮丽的精神财富,汉民族文明的一座高峰。这些作品中必有一

些将传至千秋万代。这些不朽的作品也就是永生的灵魂了。"

1986年，已经定居美国的马思聪已是74岁高龄的老人了。这时候他仍然在守护着心中对音乐的那份热爱，而且仍然怀有创作的激情。这一年圣诞节前夕，他完成了和女儿马瑞雪一起创作的一部大型歌剧《热碧亚》第三稿的修改。这一稿完成后，他觉得有了一种长跑之后大功告成的快感，计划着新年过后，就和夫人一起出外远游一次。

为了《热碧亚》这部歌剧，他前后付出了20多年的心血和牵挂。那还是在"文革"前夕，马思聪一家住在北京的一座安静的四合院里。一个冬夜，有人给他的女儿、青年音乐家马瑞雪寄来一本19世纪中叶新疆维吾尔族诗人写的叙事诗《热碧亚——赛丁》。女儿为诗中的情感所感动，便向父亲提议："我们合作一个歌剧好吗？我写歌词，您来谱曲。"

马思聪深知，这个作品显然不合当时的风潮。但他觉得，把最美好的音乐奉献给自己的祖国和人民，是音乐家的"天职"。他坚信，只要是真正的艺术，迟早会被广大的观众承认和理解。

正是凭着这样的信念，他和女儿毅然投入到了大型歌剧《热碧亚》的创作之中。即使在"文革"期间，他们也没有放弃对这部歌剧的构思和创作。

1984年，台湾地区举办了一场马思聪作品演奏会，马思聪前往指导。在演奏会上,马瑞雪创作的《热碧亚之歌》受到听众的欢迎。到美国后,马思聪要求女儿重新改编这部作品。经过了10多年的理解和感受,马瑞雪也已经更加深刻地领悟到了维吾尔族人民对生命、对爱情的那份执着和忠诚。她很快就把剧本改成了,最后定名为《热碧亚》。这时,马思聪也比较满意地开始了谱曲工作。

1985年6月,他们完成了初稿。马瑞雪迫不及待地把这一消息告诉了外界。马思聪却责备她说:"那只是初稿啊,离整个完成还差很远一段路程呢,我不知要改多少次,也不知要改到何年何月才能够满意。"修改第二稿时,只要感觉到剧本有不尽如人意的地方,他便不停地打电话与女儿商量,要么修改,要么重写。马思聪在艺术创作上向来以严谨和认真闻名。以前他写《龙宫奇缘》时,写了8年,八易其稿;20世纪50年代初期他写交响乐《屈原》,夜以继日,劳累过度,竟然患了耳鸣,有时一只手捂住耳朵,另一只手还不肯罢笔。他的这种严谨和认真,也体现在《热碧亚》这部作品里。在修改《热碧亚》第三稿时,他十分欣赏女主角的性格,有一次情不自禁地握住夫人的手说:"如果我死了,她也会死的。"

仿佛是一语成谶,在修改《热碧亚》第三稿时,马思聪的心脏一度极其衰弱,左腿也疼痛异常,度日如年,寝食难安。

但为了歌剧能早日完稿,他不顾病痛,白天黑夜都埋首在五线谱之中。

马思聪说:"我家里曾挂有一幅齐白石的画,上面盖了一个图章刻着'鬼神事业非人工'。我很欣赏白石老人的这句话,艺术品的创作,是作者艰苦耕耘的成果,但如果少了鬼神为了酬劳你所付出的辛劳,帮你一忙,作品不是写不出来,就是显得苍白无光。"他的意思是说,没有终日的辛劳,何来"鬼神事业非人工"的艺术境界。

1987年2月,马思聪把修改完的《热碧亚》总谱转交给了乐团,开始期待着这部历经沧桑、反复修改的歌剧的公演。可是不久后,因为心力衰竭,他住进了医院。这一年5月20日,这位75岁的音乐家在费城病逝。

在住院期间,他这样对女儿谈到自己的一生:"狄更斯讲过一句话,他生在一个动乱的时代,所以,每一分耕耘都比太平的时候艰苦。我们生活在和狄更斯一样的时代,越是这样,我们越要努力去工作,尽管我们付出的辛劳总是受到很大的阻力……"弥留之际,他还表达过这样的愿望:"病好之后,我要去爬喜马拉雅山!"他讲这些话时,已经十分吃力了。

他没有留下什么遗嘱。他的一切,都留在他献给世人的61个音乐作品里了。他的老朋友、诗人徐迟闻知噩耗,不胜悲痛,噙着泪水写下了万言长文《马思聪》，回顾了这位音乐家坎坷的一生和非凡的艺术成就。诗人在文章的最后这样写道："我总有一种感觉，他并没有离开我们，我们拥有他的唱片、录音匣子和一些乐谱，就像他还在，永远在，在远方。"

燃烧的战歌

---*---

聂耳同志,中国革命之号角,人民解放之声鼙鼓也。

有这样一个故事,说的是1935年一个漆黑的夜晚,一位"自己的同志"悄悄地来到青年音乐家聂耳住的小阁楼上,递给他一个香烟盒,郑重地说:"这是诗人田汉在狱中写的《义勇军进行曲》,请你为它谱曲……"

深夜,聂耳一遍又一遍地朗诵着慷慨激昂的歌词,脑海里涌起了庄严激越的旋律。他激动地挥笔谱写,一个个有力的音符仿佛变成了射向敌人的子弹——"……起来!起来!起来!我们万众一心,冒着敌人的炮火前进!冒着敌人的炮火,前进!前进!前进进!"火热的歌词让他心情激荡、彻夜难眠。他轻轻地哼着、写着,捕捉着那在黑夜里像火焰一样燃烧的旋律……一支伟大的歌曲,就这样在关系着民族危亡的暗夜里诞生了!

起来!不愿做奴隶的人们!

把我们的血肉,

筑成我们新的长城。

中华民族到了最危险的时候,

每个人被迫着发出最后的吼声……

  这支歌作为中国全民抗战的号角,从此响彻在中华大地上。在全世界反法西斯战争中,英国、美国、印度等许多国家的广播电台也经常播放这首战歌。第二次世界大战结束前夕,美国还将这首歌曲列入了"盟军胜利凯旋之歌"当中。

  新中国成立前夕,征集国歌时,这首歌在新政协会上获得一致通过。于是,1949年新中国开国大典和此后每年的重大节日、庆典和会议上,《义勇军进行曲》高昂雄壮的旋律,都会回响在每一位中华儿女的心头……

  聂耳是云南省玉溪人,1912年出生在昆明。聂耳从小喜爱音乐。他原名聂守信,后来之所以改名为"聂耳",据说原因就是他的耳朵特别灵敏。1918年,他在昆明师范附属小学念书时,就自学了笛子、二胡、三弦和月琴等乐器,并担任学校"儿童乐队"的指挥。1927年,聂耳从云南省立第一联合中学毕业后,进入省立第一师范学校学习。在校期间,他参与了学生组织"读书会"的活动,还和同学友人一起组织成立了"九九音乐社",

经常参加校内外的演出活动,自学了小提琴和钢琴。

在聂耳的幼年时代,他的父亲聂鸿仪在昆明甬道街开了一家成春堂药铺。不久,父亲死了,药铺由母亲经营,殷实的聂家开始家道中落。所以,在幼年聂耳的记忆里,母亲经常坐在灯下,拨拉算盘,算完账后,叹气、发愁。聂耳曾暗许心愿:今后一定要让母亲过上好日子。他的母亲能唱各种民歌,包括在昆明等地民间广泛流传的洞经调、花灯调、洋琴调等。动听的歌曲与歌曲里的故事,让聂耳很着迷。

正是从母亲唱的歌中,聂耳知道了"蔡锷"这个名字。蔡锷将军在云南讨袁护国的壮举,在少年聂耳心中留下了深深的印象。16岁那年,聂耳背着家人偷偷报名参了军,被编入十六军湖南新兵队受训,后来他又去投考黄埔军校,没有被录取。不久,他被军队遣散,从武的道路就此中断了。

1931年4月,聂耳考入作曲家黎锦晖主办的"明月歌舞剧社",担任小提琴手。第二年11月,他进入著名的联华影业公司工作,参加了"苏联之友社"音乐小组,参与组织了"中国新兴音乐研究会"和"中国左翼戏剧家联盟"音乐组的活动。

聂耳曾在北平生活过一段时间。当时,他穷得买不起一件棉衣,却经常深入天桥等地,收集北方民间音乐素材,体验劳苦人民内心的呼声,并在日记中写下感受。

在上海期间，他也经常踏着晨霜夜路，深入工厂去体验女工们上班的辛苦，还与小报童们交上了朋友，从而创作出《新女性》《卖报歌》这样的歌曲。没有稳定的居所和起码的创作条件，他在上海用了一年的时间苦苦积攒，才买回了一把梦寐以求的廉价小提琴。1933年，聂耳由戏剧家田汉介绍，加入了中国共产党。

《义勇军进行曲》原本是聂耳在1935年为上海电通公司拍摄的故事影片《风云儿女》所作的主题歌。主题歌原词中"冒着敌人的飞机大炮前进"，聂耳在谱曲过程中，经过一番思索之后改成了"冒着敌人的炮火前进"。这部影片描写了20世纪30年代初期，以诗人辛白华为代表的中国热血青年，为拯救即将沦亡的祖国，投笔从戎，奔赴抗日前线、英勇杀敌的故事。这首歌曲在影片首尾两次出现，给观众留下了深刻的印象，很快就成为中国抗战时期最著名的歌曲。

聂耳本来就是一位志存高远的热血青年，自1933年加入了党组织之后，他以饱满的热情，用音乐做武器，投入到伟大的抗战救亡事业中。他创作的《开路先锋》《卖报歌》《毕业歌》《铁蹄下的歌女》等一首首激动人心的战歌，带着振奋人心的力量，飞向了抗日战场，飞向祖国的四面八方。这些作品的创作，都来自他深入社会生活最底层所获得的感情与素材。他在1933年

6月3日的日记中总结说："音乐和其他艺术、诗、小说、戏剧一样,它是代替着大众在呐喊。大众必然会要求音乐新的内容和演奏,并作曲家的新的态度。"这些旋律激越、高昂的作品,是那个特定的民族危亡时代造就的,铿锵有力的音符和节奏,也传达出了当时所有不愿做亡国奴的中国人民的真实心声。

不幸的是,当《义勇军进行曲》首次在银幕上响起时,年轻的音乐家已经不在人世了。1935年7月17日,年仅23岁的聂耳在日本藤泽市的海湾游泳时,不幸溺水身亡。音乐家死了,但是他留下的音乐永远不会消逝。伟大的《义勇军进行曲》将与中华民族的历史与精神同在!

1954年,云南省人民政府重修了聂耳墓,请诗人郭沫若题写墓碑和墓志铭。这年2月,郭沫若题写了"人民音乐家聂耳之墓"的墓碑和如下墓志铭:"聂耳同志,中国革命之号角,人民解放之声鼙鼓也。其所谱义勇军进行曲,已被选为代用国歌,闻其声者莫不油然而兴爱国之思,庄然而宏志士之气,毅然而同趣于共同之鹄的。聂耳乎,巍巍然其与国族并寿而永垂不朽乎!……"

乘着音乐的翅膀

———— ＊ ————

马兰村的歌声里,有远去的时代的声音,也有对现实生活的歌咏。

邓小岚奶奶和她创建的"马兰儿童音乐节"的故事,就像一支金色的乐曲,早已飞出了太行山的小山村,飞出了中国,飞翔在世界各地热爱和平、热爱音乐的人们心中。

这是一个美丽的音乐故事,也是一个温暖的感恩故事。是贯穿着一个小女孩从童年到老年的记忆和牵挂的成长故事、生命故事,也是铭刻着先辈们奋斗的岁月与荣耀的红色故事、美德故事。

马兰村,是隐藏在太行山深处的一个小村庄。春天,小村四周开满了白色的梨花和紫色的藤萝花。到了秋天,满山的野板栗树和柿子树的叶子,会被阳光晒成金黄色、深红色和琥珀色。每天傍晚,炊烟升起的时候,乡亲们会赶着他们的牛羊,从山冈上回到小小的村庄里。这个小村庄是邓小岚出生的地方。

邓小岚的父亲邓拓,当时是《晋察冀日报》社长兼总编辑,母亲丁一岚，是《晋察冀日报》的工作人员。1942年3月7日，这一对革命恋人和战友，在平山县南滚龙沟村的一间农家小屋里，举行了一个极其简朴的婚礼，正式结为夫妻。第二年，他们的宝贝女儿呱呱坠地了，他们为她起名"邓小岚"。

邓小岚出生后不久，父母亲把她寄养在马兰村附近一户老乡家里，便打起背包奔赴到前线去了。当时，抗日烽火正在熊熊燃烧。1943年秋冬时节，日寇对我太行山根据地进行了几个月疯狂的"大扫荡"，太行山军民在草木萧萧的山坳里，度过了抗战以来最艰苦的一个时期。

邓小岚是吃着太行山母亲的奶长大的。在马兰村老乡家的土炕上，在太行山老爷爷古铜色的脊背上，在小毛驴驮着的柳条筐里，在村里的大哥哥的肩膀上……她像太行山中那些漫山遍野的、在风雪中挺立的野柿子树，从一棵小小的幼苗，一天天长成了坚强、挺拔、枝叶纷披的青翠小树。

抗战胜利后，爸爸妈妈回到马兰村，把她接回了自己的家。乡亲们用小毛驴驮着她，一直送到了村外很远很远的地方。为了感念马兰村对自己女儿的养育之恩，感念太行山腹地的这个小村庄在战争年代为革命做出的巨大牺牲，邓拓后来就以"马兰村"的谐音"马南邨"，作为自己的一个笔名。

马兰村本来是有歌声的。邓小岚的母亲当年也曾站在村口

的老槐树下,挥动着手臂,教乡亲们和孩子们唱过这样的歌:"红日照遍了东方,自由之神在纵情歌唱。看吧!千山万壑,铁壁铜墙,抗日的烽火燃烧在太行山上……"

可是,火烧雷击过的老槐树啊,就像战争中留下的孤儿。有多少痛苦的创伤,都收藏在马兰村和老槐树沉默的记忆里。不知从什么时候起,马兰村里再也听不见乡亲们和孩子们的歌声了。

黎明和黄昏时分的小树林里,怎能没有小鸟们的欢唱?就像藤萝花掩映的小山村,怎能没有小溪在潺潺流淌?于是,从2004年春天开始,为马兰村"找回失去的歌声",就成了邓小岚心中最大、最美的一个梦想。

当时,村小学的校舍实在是破落不堪。她一回到北京,就发动家人和朋友出资捐助,为村小学重新修建了7间漂亮的校舍。从教室、宿舍到卫生间,都是她自己设计的。她一次次往返,把家人和朋友们捐赠出来的各种乐器,带到了马兰村。马兰村的孩子们,也第一次认识了手风琴、小提琴、吉他和曼陀铃。

在小学校洒满阳光的操场上,她按着手风琴,开始了她和马兰村孩子们的第一堂乡村小学音乐课。她也教孩子们如何用一片小小的叶笛、一支绿色的草哨,吹出美丽的音乐,吹出对家乡和大地的赞美。

她也熟悉了从北京到马兰村沿线的每一个小站、每一条隧道、每一片田野。在巍巍太行的山冈和田野上，在小河畔的牧童们的牛背上，在黎明时分的鸡啼声里，在傍晚时淡淡升起的炊烟里……她找到了自己的"初心"。她还把已经退休的老伴儿也邀请到了马兰村。他们一起在马兰村组建了第一支小乐队，一起创建了"马兰儿童音乐节"。

他们带着太行山的新一代孩子，在芦花飞舞的山冈上唱歌，在悬崖飞瀑和山泉边唱歌，在历尽风霜的老槐树下唱歌，在村口的那座纪念碑前唱歌，也在小操场上迎风飘扬的国旗下唱歌……她坚信，太行山的乡亲们不是没有笑容和歌声的。美丽的春天，总会融化冰河，唤醒沉睡的山谷和盛开的杜鹃。

2008年国庆节，邓小岚迎来了人生最幸福的一个时刻。她曾经应诺过孩子们："等你们把琴、把歌练好了，我带你们到北京去演出。"现在，这个应诺兑现了。她带马兰小乐队的孩子们见到了真实的北京，见到了美丽的天安门广场。还带着孩子们来到北京中山公园的一棵大树下面，面对一群在报社工作过的老战士奏响悠扬的乐曲。

马兰村的歌声里，有快乐的童谣和悠扬的牧歌，也有曾经响彻在这片山谷间的嘹亮战歌。伟大的音乐就像和煦的阳光和润物无声的雨水，使太行山孩子们的童年变得灿烂茁壮和欣欣

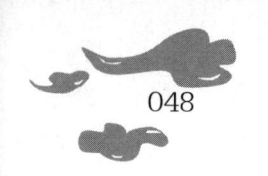

向荣，也治愈着过往年代的创伤。马兰村的歌声里，有远去的时代的声音，也有对现实生活的歌咏。神奇的音乐，在孩子们和乡亲们的日常生活中，在太行山的青山绿水间荡漾、飞翔，它们用跳动的音符、飞扬的旋律，影响着孩子们的成长，唤醒了他们对家乡的土地、对祖国的山河的热爱与自豪感，也引导着一颗颗幼小的心，从弱小、忧郁和脆弱走向博大、开朗和坚强。

2020年，我根据邓小岚和她在太行山区马兰村创建"马兰儿童音乐节"的真实故事，创作了一本图画故事书《马兰的歌声》（由插画家葛欢欢绘画）。也许，一本图画书简约的文字，无法充分地传递出马兰村歌声里的丰饶与神奇，但是，美好的故事就是光明。我希望，读者们能从这里找到某种光明，感受到音乐和歌声所具有的涤荡人心、润物无声的力量。

屋顶上的月光

应诺
《月光奏鸣曲》
温暖的冬夜
屋顶上的月光
小提琴的故事
听哪,听哪,云雀
童年时代的钢琴声
心上的银杯
歌声温暖全世界
在月亮上漫步的男孩
松山芭蕾舞团的故事

应 诺

———— ✳ ————

她从优美的乐曲里听到了音乐家对她的深情祝福。

那是多年前的一个秋天。

满头金发的达格妮,还是一个刚满 8 岁的小姑娘。那天,她挎着小篮子,在她家乡的森林里采撷鲜花和野果。神奇的挪威西部大森林里,生活着成千上万只善歌的小鸟,有云雀,有知更鸟,有绣眼鸟,有啄木鸟……鸟儿们的欢叫声,应和着牧童们的叶笛声,还有大森林深处传来的阵阵涛声,组成了一支优美的交响乐。小达格妮仿佛进入了一个神奇的音乐世界。而一颗纯真的梦幻般的童心,也像是一只永远也装不满的花篮,她不停地采撷着一朵朵美丽的小花和那些野果。

在一条幽静的林间小路上,她突然看见一个身穿风衣的人正在那里散步。从他的衣着和神态看,他是城里来的客人。因为在这片森林里,达格妮从来没有见过这个人。他们很快就认识了,并且成了好朋友。

那位城里人帮她采着野果,并帮她提着沉甸甸的篮子,然后又亲自送她回家。当他就要和小姑娘分手时,他有点恋恋不舍了。

他微笑着对达格妮说:"很高兴能认识你,我亲爱的孩子。可是,真糟糕,我两手空空,没有什么礼物可以送给你。你看,我口袋里连一根小小的丝带也没有,更不要说会唱歌的小娃娃了!"

"不,我不能要你的礼物。"小姑娘摇摇头说。

但他仍然应诺,要送给可爱的小达格妮一件礼物,一件很好的礼物。

"但不是现在——大约……要到 10 年以后,好吗?"他说。

达格妮迷惘而又充满感激地点了点头。

时光匆匆流逝,大森林的秋天来了又去了。每当小姑娘再到林子里采摘野果时,她就会隐约想起那天的奇遇,就会在心里悄悄地期盼着,那个陌生又和气的城里人所应诺的那件礼物。

又过了几年,小姑娘长大了。

她仿佛已经明白过来了,她想:那位先生要送我一件很好的礼物,而且在 10 年以后。就算他有这个心思,他怎样才能找到我、认出我来,把礼物送到我的手上呢?她觉得,这不过是那个人和她开的一个玩笑。渐渐地,这件事在她的心中淡去了。

现在，达格妮已经是一位 18 岁的少女了。这位美丽的守林人的女儿，第一次离开了自己的家乡，来到了祖国的首都奥斯陆，并且第一次走进了一个正在举行露天音乐会的公园里。

美丽的公园里，菩提树间挂满了彩灯，庄严而华丽的音乐舞台上，飘来音乐的美妙旋律。达格妮好像又走进故乡如梦如幻的大森林中一样。

突然，她的全身一阵惊颤，忽地从草地上站了起来，几乎不敢相信自己的耳朵！因为，舞台上的报幕员，分明正在向观众报告说：

"……下一个节目，是我们的音乐大师爱德华·格里格最得意的作品：《献给守林人哈格勒普·彼得逊的女儿达格妮·彼得逊，当她年满 18 岁的时候》！"

"天哪！这是怎么一回事啊？这个有名的音乐家，怎么会知道我和我父亲的名字呢？"达格妮惊呆了！

起初，由于激动和迷惑不解，她无法静听音乐的旋律，渐渐地，她听出来了，那是只有家乡的大森林里才有的熟悉的风声、鸟声和笛声……听着，听着，她流泪了！10 年前的那个秋天，在家乡的大森林里，那个陌生的城里人的神态、模样……都渐渐清晰地呈现在她的眼前，好像就在昨天。

是的，达格妮现在终于明白了，10 年前遇到的那个和气的、穿着风衣的城里人，就是今天的大音乐家爱德华·格里格先生。而这首美丽的乐曲，便是他所应诺的那件礼物啊——而且是用这种奇妙的方式！

那时候，音乐家大概就相信，随着小女孩逐渐长大，他的乐曲，也将传遍整个挪威和整个世界。无论她在哪里，她都会听到、收到这份礼物的！是的，他相信。

此时，少女听完乐曲，泪流满面。她竭力抑制住呜咽，弯下身子，把脸颊埋在双手里。但她抑制不住内心的幸福、感激与激动。她从优美的乐曲里听到了，听到了音乐家对她的深情祝福：

"亲爱的孩子，你是黎明的曙光，你是最纯洁的生命，你是幸福的……"

对于少女达格妮来说，世间还有什么比这更可珍贵的礼物呢？

她没有再见到那位10年前见过的善良的城里人，那位伟大的音乐家。但这并不重要。重要的是，她觉得有一种她从未有过的热情和信心在心中萌芽了！

"生活啊，你听我说：我爱你！我爱你！我爱你！"面对布满夜色的世界，她这样在心里说道。

从这个美丽的黄昏起，她带着这份留在心中的、世间最美丽最珍贵的礼物，也带着她对这个世界的全新的热情、信心和勇气，走上了人生的旅途。

她同时也在心里说："衷心地感谢您，亲爱的大师！让我在将来的、值得回忆的另一个秋天去寻找您，与您相见吧！"

《月光奏鸣曲》

*

他的头发在月光里舞蹈,他的手指在月光里跳动。

　　《月光奏鸣曲》是贝多芬的第 14 首钢琴奏鸣曲,创作于 1801 年。德国诗人路德维希·莱尔斯塔勃曾把这首奏鸣曲的第一乐章的慢板音乐,想象成一只小船飘荡在月光之夜的琉森湖上,于是人们便把这首奏鸣曲称为《月光》。可是,有谁知道,这首感情充沛、旋律优美的《月光》是怎么诞生的呢?

　　这是 19 世纪里的一个春夜。古老的波恩正沉浸在刚刚进入新世纪的兴奋与欢乐之中。这天晚上,贝多芬陪着一位友人在街上散步。天已经很晚了,月光如同洁白的水银,泻满了城市的大街和小巷,斑驳的树影,仿佛是月亮画在大地上的图画。

　　他们经过一所小房子时,从里面传来了断断续续的钢琴声。贝多芬侧耳一听,脸上露出了微笑。"你听见了吗?有人在弹奏我的曲子。"他对友人说,"我们听一会儿吧。"说着他们走近小屋，站在窗户旁边听着里面的琴声。

琴声时断时续，过了一会儿，琴声停下来了，里面传出了一个小姑娘啜泣的声音："要是能有钱去参加贝多芬先生的音乐会，去听一听真正的音乐家的演奏，多好呀！"

"可是……亲爱的妹妹，我们去哪儿弄钱呢？我们买不起音乐会的票啊！"这是哥哥的声音了。

贝多芬和友人知道了这是一对贫困的兄妹在说话。"这家人爱好音乐，我们进去看看他们吧！我来给他们弹首曲子。"贝多芬不待友人回答，便抬手敲了敲小屋的旧门。

"谁呀？请进来吧。"

他们进了屋。小屋里空荡荡的，唯一值钱的东西就是一架旧钢琴。旧钢琴旁边坐着一位金发小姑娘，她两手捂着脸，低垂着头在抽泣；他的哥哥愁容满面地坐在她身边。

"啊，晚上好。刚才在外面听到你们的琴声了。我是个音乐家，我来给你们弹一支曲子好吗？"贝多芬诚恳地说道。

"啊，音乐家？……天哪！"姑娘惊喜地抬起头，"可是……可是我们连一张乐谱也没有……"

"那么，您刚才是怎么弹的呢？"贝多芬诧异地问道。因为屋子里很暗，贝多芬和友人都没看清小姑娘的脸庞。

"噢，几年前，我们家附近住着一位夫人，她常常弹这首

曲子，妹妹悄悄地记住了。"哥哥替妹妹回答说。贝多芬又感动又惊讶地望了望钢琴旁的小姑娘，这时候他才看清，原来小姑娘是位盲人。这一瞬间，贝多芬的心头一紧。他觉得，有一种什么东西正在他心中升腾，仿佛电光一闪。

"来，亲爱的孩子，让我来给你弹奏这首曲子。"贝多芬坐在那张破旧的琴凳上，稍一沉思，便弹奏起来。他觉得，他的心中，他的手指，都充满了无限的激情，自己好像从来没有像这一次一样充满灵感。虽然这架钢琴太破旧了，有的琴键已失去了原有的音调，但他觉得，他手上的激情与柔情，全部传递到了琴键上面……

这时候，美丽的月光透过窗户，把小屋映得明亮了许多。有一束月光正照着贝多芬英俊和骄傲的额头。他的头发在月光里舞蹈，他的手指在月光里跳动。他的悠扬和激越的琴声，飞出了这所小房子，在夜色里，几乎传遍整个波恩城，好像每一个热爱音乐的人都能够听见。

一支曲子演奏完毕，贝多芬在旧钢琴旁沉默了好一会儿，才站起身来。

"我们该怎样感谢您呢？您给我亲爱的妹妹带来了一个终生难忘的夜晚……"小女孩的哥哥帮贝多芬拿起风衣和帽子。

"不，我应该感谢你们，我看到了你们在倾听我的曲子，看到了你们是怎样热爱着音乐。"贝多芬回答。

"希望您再来，尊贵的先生！"小姑娘摸索着站起来，低声请求道。

"我一定来，再见！祝你们幸福！"

伟大的作曲家和友人告别了小屋。

"啊，多么美好和难忘的夜晚！"友人也激动不已。贝多芬突然说："我得回家去了。"他感到创作的激情之火正在燃烧。他回到家，关起门来，写了整整一夜。第二天一整天也没有走出房门，到了傍晚，他走出了工作室。一支新的、不朽的曲子完成了，它就是《月光奏鸣曲》。

人们说，《月光奏鸣曲》是刻上了"永垂不朽"的印章的作品，它表达了难以用语言表达的诗意和激情。

温暖的冬夜

※

他坐在旧钢琴前,心中似有一种神秘的激情升起。

音乐家贝多芬的一生是伟大的,也是充满苦难的。世界不曾给过他什么欢乐,而他却创造了永久的欢乐献给了世界。

贝多芬的伟大也是多方面的。其中最突出的一点,就是善良、仁慈和对于弱小者的关怀与热爱。对于苦难中的人们,贝多芬是他们最亲密的朋友。当他们感到忧伤的时候,贝多芬会悄然来到他们身边,一言不发,只在琴弦上弹出他那深情的乐曲,安慰着贫困和哭泣中的人们。

也许许多人都听过贝多芬作于1810年的一首优美的钢琴曲《致爱丽丝》。据说,他写这个作品的灵感,来自一个冬夜的奇特的经历。

那是他二十几岁时的一个冬天,一个寒冷的圣诞之夜。贫困的、孤独的青年音乐家,一个人徘徊在奥地利首都维也纳的大街上,仿佛在寻找着什么,又似乎是漫无目的,仅仅为了享受一下圣诞之夜里祥和的气氛和美丽的星空……

空气中飘过了富有的人家摆在餐桌上的烤鹅和苹果的香味。年轻的贝多芬在寒风中高昂着头颅,火焰般的卷发在风中飘扬……他心里似乎感到了一股冲动。

突然,他看见一个身体单薄的小女孩,正急匆匆地从教堂的那边走过来。她的脸上透着焦虑,仿佛正因为什么不幸的事而感到有些绝望。她弱小的身体在寒风中哆嗦着……

"请问小姑娘,什么事使你这么伤心,我能帮助你吗?"贝多芬走上前去,用温暖的大手扶着她瘦削的双肩,真诚地问道。小女孩看了看这位好心的先生,向他诉说了其中的原委。

原来,小女孩名叫爱丽丝,她的一位邻居雷德尔老爹正病得厉害,他身边一个亲人也没有,唯一的小孙女上个月也得伤寒病死了。雷德尔老爹哭瞎了眼睛,正躺在床上发着高烧。但他有一个愿望,他说,在这个愿望没有实现之前,他是不能死去的,不然,他的灵魂就不能安宁。

小女孩刚才就是去斯蒂芬大教堂找神父,希望神父能帮助雷德尔老爹实现他的愿望,好让他的灵魂安宁。然而,神父却叹叹气说:"唉,他一定是疯了,他是个盲人,能看见什么呢?他的愿望是无法实现的!"说着,便把小爱丽丝拒之门外了。

"那么,请你告诉我,雷德尔先生的愿望到底是什么呢?"

贝多芬着急地问道。

"先生，雷德尔老爹可是个善良的人，他爱画画儿，爱听音乐，每到春天，他就骑着马到森林里去，秋天带着一大捆画回来。他把卖画换来的钱都分给了我们这些穷邻居，而他自己却穷得只剩下了一架破钢琴。他病了，他天天都在念叨：让我再看一眼森林和大海吧，让我到塔希提岛，到阿尔卑斯山去看一眼它们吧！这是我在这世界上最后的、唯一的愿望啊！"小女孩含着泪水，告诉面前的这位先生说，"多么好的老人呀，可惜没有人能帮助他实现这个愿望！"

"不，也许有的！"青年音乐家拉起小爱丽丝的手说，"走，让我们现在就去看看雷德尔先生吧。"

就在这个寒冷的圣诞之夜，贝多芬跟着小爱丽丝，来到了老画家的身旁。他轻轻地打开了那架旧钢琴的琴盖。他坐在旧钢琴前，心中似有一种神秘的激情升起。他的手指轻轻地按动了琴键……

是的，他的灵感和激情迸发出来了！在他接触琴键的一刹那间，仿佛有一种无法言说的神秘的召引，好像内心深处正在接受神的帮助，他弹奏着，弹奏着……那么自如，那么专注……

这时候，雷德尔已经停止了咳嗽，好像是一种回光返照，他坐了起来，咧开嘴巴，微笑着，头部也随着音乐的节拍来回摇晃……

  小爱丽丝更是满脸惊讶地望着这架破旧的钢琴,好像在怀疑,这位年轻的先生是不是一个巫师,怎么好像具有魔法一般?……

  "啊,看到了!我看到了!阿尔卑斯山的雪峰,塔希提岛四周的海水,还有海鸥、森林、耀眼的阳光……全看到了!啊,我的灵魂终于可以安宁了……"雷德尔感动地扑上前来,拥抱了正沉醉在琴声里的青年音乐家,"尊敬的先生,感谢你在这圣诞之夜,使我看到了想看到的一切——我终生热爱的大自然啊!"

  "不,不是我,而是您那仁慈的心灵在召引我,在驱使着我。还有你,美丽可爱的、天使一般的爱丽丝!是你把我引到了这架钢琴前……"

  "不,是您帮助雷德尔先生实现了他美丽的愿望。"小爱丽丝羞怯地低下了头。

  "请允许我把这首乐曲献给你——可爱的小爱丽丝!是的,我会把它的乐谱记录下来,带着它,走遍全世界的……"说完,音乐家弯下身来,轻轻地吻了吻小爱丽丝的额头,然后转身拉开门,大步走进了夜色中。

  他火焰般的卷发在夜风中飘扬着,矫健的姿态活像一头雄

狮……

"啊，天哪！他是贝多芬先生！"

爱丽丝在这个青年人走出门去的一瞬间，记起了以前曾见过的贝多芬的样子。她惊叫起来："没有错，正是他！伟大的贝多芬先生！"

……许多年过去了，贝多芬从没忘记过这个冬天的夜晚。

他的心灵常常被一种难以名状的感情缠绕着。终于，有一天，当他凭着准确的记忆，写出了他在雷德尔老人床前所弹奏过的那首乐曲，他的心灵才如释重负般地稍稍平静了下来。

他总是难以忘怀那位善良、美丽的小女孩爱丽丝。于是，他不假思索地把这首钢琴曲命名为《致爱丽丝》。

屋顶上的月光

※

美妙的音符仿佛给这个少年插上了梦想的翅翼。

在森林茂密的德国中部,有个图林根州。从16世纪开始,这里就居住着一个名叫巴赫的音乐家族。他们中有的一生都在灰色的乡村小教堂里弹风琴;有的在公爵或亲王的宫廷管弦乐队里演奏;还有的在当地当"游走艺人",每逢节日或哪里有集市,他们就佩挂上阵,在市街上吹风笛……

到了1685年,这个家族中最伟大的一位音乐家约翰·塞巴斯蒂安·巴赫(1685—1750)诞生了。不用说,这个出生在音乐世家里的宁馨儿,一来到世界上就开始接触美丽的音乐了。他还在蹒跚学步的时候,爸爸就开始对他进行最初的音乐训练。妈妈把他的小房间布置得十分雅致,无论是白天还是夜晚,在他的小房间里总能听见美丽的琴声。

可是,他童年时的幸福是那么的短暂。9岁时,他的妈妈去世了;10岁时,爸爸又永远地离开了他。小巴赫从此成了一个无依无靠的孤儿。他幼小的心灵就像一朵在寒冷的风中绽放的小花，寂寞而又孤独。不久，他被送到在附近一个市镇上当管风琴师的哥哥约翰·克里斯托夫家里去了。哥哥不仅担负起了做家长的责任，还亲自教弟弟弹奏古钢琴。

不过，哥哥的生活也过得十分艰辛，只能靠辛勤的演奏来赚取生活费用。小巴赫看在眼里，不愿意给哥哥增加太重的负担，很想早一点学到一些演奏技艺，能够早一点自立。于是，他曾独自离开哥哥，去往几百公里之外的汉堡拜师学艺。一路上，这个小小的少年第一次经历了长途旅行的艰辛：饿了，他就吃一点干粮充饥；渴了，就喝一些山泉水；累了，就在路边乡村农家的草垛旁或马厩里歇一晚上。望着满天闪烁的星星，小巴赫的眼里充满了倔强的泪水。

历尽艰辛，他终于来到了汉堡。可是，这里的音乐教师收费昂贵，小巴赫哪里能支付得起呢。但他又不愿放弃好不容易得到的学习机会，于是，他几乎跑遍了汉堡所有收费比较低廉的音乐课堂，甚至要忍受许多白眼与嘲讽，最后总算得到了一位老师的认可，做了他的学生。没过多久，那位老师就发现了这个少年非凡的音乐天分，诚恳地建议他说："孩子，你在我这里已经学不到什么了，你到策勒去吧，在那里你才能得到系统的音乐训练。"

于是，少年巴赫再次踏上艰难和孤独的求学路途，去往策勒……

那时候，印刷或雕版的乐谱不仅少见而且价格昂贵，许多比较贫穷的音乐家都只好自己亲手抄写乐谱。巴赫的哥哥也曾经手抄过一本当时欧洲有名的作曲家的作品乐谱，小巴赫很想早一点看到这部珍贵的乐谱。可是哥哥觉得弟弟年龄还小，音乐修养还不够扎实，暂时还欣赏不了这部乐谱。

"这些曲子我演奏了十几年还觉得吃力，你不要以为出去拜师学过一段时间音乐，就可以接触这些大师的作品了。你最好还是继续好好弹你的练习曲吧！再说，这么珍贵的乐谱，你弄坏了怎么办？"做哥哥的并不希望小巴赫那么急于求成，因此，每当他不用这部乐谱时，总是把它锁进书柜里。他担心弟弟心存什么幻想，而失去扎扎实实学习音乐的耐心。

其实，哥哥的担心是多余的。少年巴赫已经在心里明白，在音乐的道路上，并没有任何捷径可走。所以，在以后的每一个有月光的夜晚，只要哥哥出去演奏了，少年巴赫就悄悄拿出哥哥珍藏的乐谱，一页一页、一个音符一个音符地抄写下来。当时他们家里仍然很贫穷，买蜡烛都是一件奢侈的事情。一遇到月光暗淡的夜晚，巴赫就悄悄爬到屋顶上抄写，好像这样就可以离月光更近一些一样。

在微茫的月光下，他埋头抄写着一张张乐谱。美妙的音符仿佛给这个少年插上了梦想的翅翼。乘着音乐和梦想的翅膀，少年的心在美丽的月光下自由而骄傲地飞翔……

他整整花了6个月的时间，终于悄悄地抄写完了这部乐谱。一个夜晚，哥哥从外面演奏回来，身心已经十分疲惫了。可是临近家门时，他突然听到了一段优美的旋律，那是巴赫最后抄写的一支管风琴曲的变奏。忧伤的音乐在夜色中飘荡，好像正在向寂静的世界诉说着什么。哥哥站在月光下静静地倾听了许久，感动得流下了热泪。他终于相信，弟弟对音乐的深切理解，足以演奏好任何一支大师的曲子了。他走进屋子里，含着泪水轻轻搂住了亲爱的弟弟，决定全力支持弟弟继续深造……

少年巴赫凭着自己的执着和勤奋，后来终于成为近代奏鸣曲的奠基者，被后人赞誉为"西方音乐之父"。巴赫晚年双目失明了，人们说，这是由于他小时候经常在微茫的月光下抄写乐谱，以至于把眼睛都累坏了。

当有人问他，是什么支持着你走过那么艰难和贫穷的岁月时，他说："不是别的，是那屋顶上的月光。"

小提琴的故事

※

他把这把小提琴视作比自己的生命还要宝贵的礼物。

1926年,当梅纽因还只有10岁的时候,有一天,他随父母来到巴黎,拜见了著名的音乐大师乔治·埃内斯库。

这个在美国出生的小男孩,4岁就开始学拉小提琴了。7岁的时候,他和旧金山交响乐团合作,首次公开演奏了门德尔松小提琴协奏曲。在当地,人们把他看作一个"神童"。现在,他来到了"艺术之都"巴黎,见到了他多次梦想见到的埃内斯库。仰望着他所敬爱的小提琴演奏大师,小梅纽因迫不及待地说出了自己的心愿:"我想跟您学琴。"

"可是,我亲爱的孩子,你大概不知道,我向来不给私人上课啊!"埃内斯库回答他说。

"但是,我一定要跟您学琴,我求您听听我拉的琴吧!"小梅纽因的声音是那样恳切。

"你看,我正要出远门呢,明天清早6点半就要出发。"

"我可以早一个钟点来,趁您正在收拾东西时拉给您听,行不行?保证不耽误您出发……"

小男孩的天真、直率和执拗,使埃内斯库产生了好感,他说:"那么好吧,明天早晨5点半,请到克里希街26号来,我在那里恭候。"

第二天早晨,这位著名的作曲家、指挥家和小提琴演奏大师,听完了小男孩梅纽因的演奏,满意地走出房间,向等候在门外的孩子的父亲说道:"我很高兴认识你们,并感谢你们带来这个孩子。上课请不用付学费了,这个孩子给我带来的欢乐,将完全抵得过我能给予他的东西。"

一年之后,梅纽因在巴黎登台演奏了巴赫、贝多芬和勃拉姆斯的协奏曲。这是他作为埃内斯库的学生在欧洲初次登台献艺。不久,他的名字就传遍了国际乐坛。

1952年,梅纽因36岁。这时候,他已经成为了全世界受欢迎的小提琴家。这年冬天,梅纽因来到日本演出。

演出前,有人告诉他说,听众席上坐着一个擦皮鞋的孩子。他为了听一听这场音乐会,拼命地干活儿,省吃俭用才凑足了一点钱,买了一张最便宜的入场票。

梅纽因的心被这个穷孩子热爱音乐的精神感动着,小提琴家深深地感到了音乐的力量和自己的使命。他静静地、若有所思地拿起了琴弓……

他觉得,今天的这场演奏,好像只为了一个听众——就是那个擦鞋童。至少,在小提琴家的心中,那个孩子,是端坐在音乐厅里最尊贵、最醒目的席位上的。

谢幕时,鲜花和掌声,充满了豪华的音乐大厅。

梅纽因谢完幕,便匆匆穿越过贵宾席上名流仕女们的盛情簇拥,径直找到了那个擦鞋童。

"孩子,请告诉我,需要我为你做点什么?"梅纽因俯下身子,轻轻地问道。

"不,我什么都不需要,只想来听听您的琴声……"面对走下台来的小提琴家,这个孩子简直不敢相信这是真的,他羞怯地说出了心里话。

这时候,梅纽因的泪水夺眶而出,一把搂住了这个衣衫褴褛的穷孩子。

这天晚上,梅纽因把自己最心爱的一把小提琴,送给了这个孩子,以表示对这个热爱他的琴声、热爱音乐的穷孩子的尊重。

30年后,当梅纽因年近古稀的时候,他再一次来到日本访问演出。年迈的小提琴家没有忘记当年的那个擦鞋童。他想方设法,终于找到了那个已经长大的孩子。

他依然是那么贫穷不堪，从事着最繁重的体力劳动。幸福的生活好像从来没有到达过他的身边。但他像从前一样，仍然深深地热爱着音乐。当年小提琴家送给他的那把有着古铜色琴身的小提琴，一直紧紧地伴随在他的身边，须臾也没有分离。他把这把小提琴视作比自己的生命还要宝贵的礼物。

30多年来，尽管他的生活贫困艰难，却多次决然地拒绝了想以高价收购这把小提琴的富翁和收藏家。他知道，这个世界上，唯一能够给他的心灵送来欢乐和温暖的，唯一能够使他的生命得以安慰的，只有这把小提琴。

当夜深人静，他轻轻地打开琴盒，轻轻地抚摸着它的时候；当寒冷的冬天，他忍不住轻轻地端起它，试着拉上几下的时候……悠扬的琴音，总会给他暗淡无光的生活送来短暂的一阵明月清风般的遐想……

这次会面，梅纽因没有想到，这个穷苦人竟还保存着当年的那把小提琴。像30年前的那个夜晚一样，梅纽因仍然诚恳地问道："请告诉我，我能为你做点什么？"

"谢谢您，先生，我什么也不需要。我已经拥有您的一把琴了！我只想再听听您的琴声……"

梅纽因默默地接过那把旧琴，深深地对着这个已经长大了的孩子点了点头，缓缓地举起了琴弓……

他演奏的还是当年的那支曲子——勃拉姆斯的协奏曲。在场的人们看到,一颗颗晶莹的泪珠,从大师的眼里滚动出来,滴落到了古铜色的琴身上。

听哪，听哪，云雀

*

只要他的手指触摸到了琴键，他就忘掉了一切。

奥地利作曲家舒伯特，被人们称为"歌曲之王"。他从少年时代就开始作曲，曾取材德国大诗人歌德的一首童话诗，谱成了音乐史上有名的乐曲《魔王》。

这首乐曲表现的是：一位父亲抱着生病的小儿子骑马回家，在黑夜的森林里飞奔，四周一片漆黑，狂风让森林里的树木也颤抖不已。这时候，小儿子看见，头戴金冠的魔王正在紧紧地追赶着他们。树枝在狂风中不断地发出折断的声音，魔王高唱着动听的歌，想诱惑孩子跟着他走。可是，父亲仍然紧紧抱着儿子在黑夜里飞奔……最后，他们终于回到了自己的家中，可是魔王已经夺走了孩子的生命……

舒伯特很喜欢这首童话诗和他谱写的乐曲。不过，当他兴冲冲地把乐谱寄给了歌德时，却并没受到歌德的重视。几年后，歌德在维也纳出席一个音乐会。在舞台上，一位青年歌唱家演唱了《魔王》，赢得了台下无数的鲜花和热烈的掌声。诗人歌德也感动得流着眼泪，跑到台上去和这个青年人热烈拥抱，祝贺他演出成功。当问到这位演唱者的名字时，他说："我叫舒伯特。"原来是作曲家本人在演唱。歌德连声称赞道："青年人，谢谢你！我拥抱的是一位天才……"

可是有谁知道，天才音乐家舒伯特，几乎毕生都被贫困和疾病折磨着。他那些至今仍被人们喜爱的歌曲，大都是他在贫病交加的境况中写成的。他最有名的《摇篮曲》的创作就是如此。

那一天，舒伯特家里连一小片面包都找不到了。到了晚上，他饿得实在受不了，便惶惶然地跑上大街，走进了一家豪华的饭店。在那富丽堂皇的大厅里，他举目四望，希望侥幸能碰见一个熟人或朋友，借一点零钱，买上几个面包充饥。可是寻找了很久，一个熟人也没有看到。他失望地从一张杯盘狼藉的饭桌上拾起了一张旧报纸，翻开一看，发现上面有一些小诗，其中有几首是儿歌。

这些语调温暖的儿歌，更加触发了他悲凉的心境。他想起自己童年时妈妈哼唱的那些"小宝宝，快睡吧"的温柔的摇篮曲，想起儿时和妈妈在一起时的无忧无虑，再看看眼前这饥寒交迫的困境，音乐家不禁黯然落泪。

就在这个时候，他突然灵机一动：何不就此谱写一支曲子，用它换点东西吃？对，这个主意也许还不错。于是，他迅速摸出一张纸和一支铅笔，很快就沉浸在对于童年的忆念之中了。不一会儿，曲子写完了，他把它命名为《摇篮曲》。然后，他把这支曲子交给了这个饭店的店主，换来了一份土豆烧牛肉。

这首《摇篮曲》的曲谱，当时只换了一小份土豆烧牛肉。可是若干年后——那时舒伯特已经去世了——这首曲子的手稿在巴黎被发现，拍卖时，它的标价竟高达4万法郎！

也许，正是从这首《摇篮曲》开始，舒伯特渐渐养成了能在饭店里写曲子的"习惯"。他留给后人的不少曲子，有的就写在饭店的菜单的背面。

有一次，在绿树成荫的维也纳郊外，几个年轻人一起走进了一家小酒馆。其中有一位衣衫破旧的青年，就是舒伯特。他刚坐下来，就随手拿起放在餐桌上的一本《莎士比亚诗集》，专心致志地读了起来。读着，读着，忽然他的眼睛里闪烁出一种惊喜，他大声说道："啊，有了，有旋律了！"

可是他手边没有一张乐谱纸。朋友们都知道他的习惯，就立刻把桌上的菜单翻过来，赶快用铅笔画好了五线谱递给他。他扔下《莎士比亚诗集》，全神贯注地伏在桌上疾书着，小酒馆里喧闹的声音丝毫也没有影响他的乐思。十几分钟后，他兴奋地给朋友们哼了起来:"听哪,听哪,云雀……"美妙的旋律,使小酒馆里顿时充满了诗情。一首写在菜单上的歌曲就这样诞生了!

因为生活贫困,有好些日子里,舒伯特并没有属于自己的乐器,他甚至买不起一架像样的钢琴。他在创作《魔王》时,就没有自己的钢琴。当他需要钢琴时,就只能跑到朋友家或咖啡馆里去借用。他有一个画家朋友,家里有架钢琴,但画家常常作画,需要一个安静的环境,不能经常把钢琴借给舒伯特演奏。于是,他们只好"约法三章":只要从外面看见画家把白窗帘挂了起来,就表示画家今天不画画了,舒伯特可以进来弹琴了。

可是有一次,一连五六天不见画家挂起白窗帘。一连几天都在窗外徘徊的舒伯特等得不耐烦了。到黄昏时分,狂风大作,把原本卷着的白窗帘吹散开了,窗帘在风中飘舞着。舒伯特见了,欣喜若狂,迅速推门而入,弹起了钢琴。他的手指一触摸到琴键,他就忘掉了一切,连作画的朋友跑出来责备他,他都充耳不闻了。

当年,贝多芬的《费德里奥》上演时,为了能买到一张入场门票,舒伯特竟然忍痛卖掉了自己一些珍爱的藏书。他一生创作了600多首歌曲,却经常处在连乐谱纸都买不起的困境中。

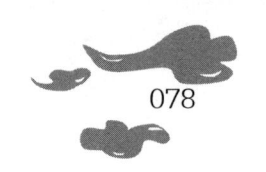

有一天，他的好友、著名画家莫里茨·封·施温特来拜访他。舒伯特高兴地说："您来得正好！请赶快为我画几张五线谱吧。"原来，他的心头正有乐思袭来，可是家里连一张乐谱纸也没有了。画家只好赶紧坐下，为舒伯特赶画五线谱。

舒伯特去世后，有人曾问施温特说："您觉得在您的绘画中，哪些画最有价值？"画家想了想，意味深长地回答说："为舒伯特画的五线谱。"

童年时代的钢琴声

———— ✻ ————

他会一遍一遍地一边弹奏一边修改,最终完成一首比较完整的儿童钢琴曲。

　　1810年春天。在华沙近郊的一个名叫热拉佐瓦－沃拉的小村里,尼古拉先生一家正在快乐地忙碌着。

　　和煦的春风里,虽然还带着一丝丝残冬的凉意,但是春天的脚步毕竟已经走近了。山坡上的野樱树,已经结满了嫩嫩的、含苞待放的花蕾。山冈低矮的橄榄树的每一片叶子上,都沾满了白色的绒毛,远远看去,就像每一株橄榄树都披上了粉白色和浅灰色的衣衫。浅绿色的草地上,一些小小的蒲公英也都戴上了迷人的金冠。葡萄园里的葡萄藤都泛出了青绿的颜色,它们就像少女们的手臂和腰肢一样婀娜柔软。高大的橡树,也像风度翩翩的美男子,正深情地守望在整齐的田野边。金色的阳光就像缤纷的蝴蝶,一只一只从山冈飞下,在小河畔的绿草地上,在公路边的小木屋四周,它们渐渐隐藏起了鲜艳的踪影。

　　就是在这个春天里,在一栋低矮的小茅草屋里,一个瘦小的男婴诞生了。他就是后来闻名波兰和全世界、被人们称为"钢琴诗人"的作曲家、钢琴家肖邦。他的全名叫弗里德里克·弗郎齐歇克·肖邦。因为他爸爸的名字叫尼古拉·肖邦，所以在他未成名之前，人们又称他为"小肖邦"。

肖邦很小的时候，他们一家从华沙近郊的乡村迁到了华沙城里。不久，他的爸爸创办了一所寄宿学校。肖邦和他的姐姐们的童年时光，就在寄宿学校里度过。

他的妈妈很会弹钢琴。每当妈妈弹琴的时候，孩子们就在外面的草地上围成一个圈，跟着音乐跳舞、游戏。这时候，刚刚学着蹒跚走路的小肖邦，会安安静静地坐在小凳子上听着悦耳的琴声，一动也不动，只有一双亮晶晶的蓝眼睛，在阳光下一闪一闪的，仿佛对这神秘的琴声充满了无限的好奇。

小肖邦在妈妈的琴声里和爸爸的爱抚下一天天长大。有一天，爸爸妈妈送走了最后一拨学生，正准备休息了，突然听见楼下传来了一阵不成曲调的钢琴声。妈妈赶忙跑下楼去，想看看这是谁在弹琴。啊，原来是穿着睡衣的小肖邦，正吃力地站在琴凳上，用小小的手指头，一下一下地敲着琴键。

一看见妈妈下楼来了，小肖邦一边敲着琴键，一边快活地说道："妈妈，妈妈，你听！这是你弹过的曲子。"

妈妈根本不知道儿子是什么时候学会弹琴了。她惊奇而又兴奋地一把抱住儿子，大声喊道："尼古拉！你快来看看吧，我们家又多了一个音乐家！"

从此以后，爸爸妈妈就开始让肖邦跟着7岁的姐姐露易丝坐在一起学钢琴。那时候，在小肖邦听来，世界上最美丽的乐曲，都是妈妈的手弹奏出来的。只有妈妈弹过的乐曲，才是世界上最好听的乐曲。

"听！他弹得多好。他手指动起来就像小耗子在奔跑一样啊……"爸爸常常这么赞美自己的儿子。

冬去春来。接着，又一个美丽的夏天来到了华沙城里。学校外面的小池塘边，美丽的鸢尾花又盛开了。

1816年，肖邦到了上学的年龄了。尼古拉一心想让自己的儿子受到良好的音乐教育。他聘请了华沙城著名的钢琴家和提琴家茨威尼先生做小肖邦的音乐老师，让小肖邦在家里学习弹琴。

不弹琴的时候，肖邦成了寄宿学校里的一个小小的"旁听生"。有时，课上得正热烈，或者正在进行严肃的提问和回答时，尼古拉会忽然把手指放在嘴上，示意大家安静下来，然后轻轻走到窗台跟前。他要干什么呢？

教室里顿时一片寂静，好像连那些听腻了法语语法课的苍蝇的嗡嗡声都听得见。而尼古拉会在那里专心聆听着。1分钟、

5分钟、10分钟……他微闭着双眼,侧耳倾听着。谁也不知道他在倾听什么。全教室的学生也都竖起耳朵倾听着。

听着听着,细心的学生才渐渐听见,原来,在窗外,从寄宿学校大楼、教员住的三层楼上,隐隐约约传来了钢琴的声音。

每当这时候,尼古拉总是尽力克制着自己,回过头去继续讲课。不过,他的学生们明显感到,老师脸上会比平时露出更多的笑容,他甚至还会比平时更容易包容和原谅学生们的无知和调皮。时间久了,大家才明白这是什么原因了。

这不,坐在后排的一个学生,正用胳膊肘捅捅自己身旁的同学,轻声说道:"听见了没?小肖邦正在弹琴呢!你听到了吗?弹得多棒啊!"

有时,尼古拉站在窗口心神不定;有时,他甚至忘记了该给学生布置学习的内容。了解内情的人这时就会明白,小肖邦今天一定有什么重要的演出。

小肖邦跟着爸爸聘请来的钢琴家学习弹琴,进步很快。这个小男孩的音乐天赋,使一向严格和敬业的茨威尼先生感到十分惊讶和高兴。不久,肖邦就能够在钢琴上完成一些短小的乐曲了。当然,他还不会自己记谱,只能请老师帮助他记录下来。他会一遍一遍地一边弹奏一边修改,最终完成一首比较完整的儿童钢琴曲。

有一次，肖邦跟着家人来到乡村过暑假。7月里天气炎热，先是太阳火辣辣地灼人皮肤，空气好像着了火一样滚烫滚烫的。接着，又来了一阵大雷雨。大雨洗涤着田野和道路，从深蓝色的天边还不时传来隆隆的雷声。

雷雨过后，肖邦看见，在他们经过的田野尽头，架起了一座绚丽的彩虹桥。大地上的空气顿时变得那么清新，所有的树木和花草上都带着亮晶晶的雨花。高高的白杨树和椴树的后面，不时地闪现出一座座庄园的洁白的墙壁……

多么美丽的乡村和田野啊！到了晚上，这里更是安静极了！不过，小肖邦却怎么也不能入睡。他一直在聆听着什么。静谧的夜晚里，月光在窗户外面浮动着，树影在无声地摇晃着。好像有无数的小虫子，在窗外的草丛里和树叶上发出了各种各样的声音。好像有无数只蟋蟀，在墙脚下合奏着一支小提琴曲子，"瞿瞿瞿"地响个不停……

小肖邦觉得，乡村静夜里的一切声音，都像美妙的音乐一样。这些神秘的、多声部的吱吱声、絮语声、弹琴声和叹息声，都是温和和友好的。这里才是真正的乡村呢！小肖邦完全被这乡村的景色迷住了！有许多天，他总是坐在门口，出神地望着落山的太阳，心里不断地在追问着和想象着……

不一会儿，年老的牧羊人赶着羊群翻过了山坡，胡桃树已经披上了晚霞的衣衫。玫瑰色的黄昏降临了,银色的星星,跃上了远处的群峰之巅。夜莺开始歌唱了。在远远的古堡那边,歌声有点兴奋,又好像有点低沉。小肖邦觉得,自己就像是一只来自远方的失音的小鸟,他在静静地等待一个更加安静的夜晚。

果然,到了夜晚,一切都变得那么静谧。十字小溪在不远处的夜色里闪闪发光、低声絮语。月亮升起来了,世界多么寂静!仅仅在一瞬间,大地就拉上了它漆黑的帷幔。所有的蟋蟀,又开始合奏了。在安静的月光下,蟋蟀们的琴声越奏越响亮,仿佛要把整个大地抬起来一样……

这时候,小肖邦的心里也充满了美好音乐的旋律。他的一双小手不由自主地抬到了胸前,在夜色里想象的琴键上弹奏了起来,仿佛要和月光下所有的蟋蟀合奏一样。美丽的乡村,在小肖邦童年的心灵上,留下了难忘的记忆。

小肖邦刚刚 8 岁的时候,他在华沙的一场慈善音乐会上,演奏了一曲钢琴协奏曲,这使他获得了"波兰的神童""波兰的小莫扎特"的赞誉。

1820 年,小肖邦 10 岁了。这一年新年的时候,欧洲著名的歌唱家卡德琳娜夫人经过华沙时,准备为华沙市民举办一场盛大的音乐会。小肖邦听到这个消息很兴奋,他多么希望听一听卡德琳娜夫人夜莺一样的歌声。可是，音乐会的门票实在是太贵了，他没有钱去买这么贵的音乐门票。

就在小肖邦感到黯然神伤的时候，意想不到的奇迹发生了：卡德琳娜夫人竟然点名要求小肖邦在音乐会上为她弹琴！这意外的消息，使小肖邦快乐得整整一晚上都不能入睡。小肖邦没有辜负歌唱家的期望，他成功地完成演奏的任务。

音乐会结束后，小肖邦得到了卡德琳娜夫人的一件珍贵的馈赠——一块美丽的小金表。表壳内还有一行珍贵的题词："献给十岁的肖邦。卡德琳娜夫人赠。"这块小金表和这场新年音乐会，成为了肖邦童年时代最珍贵、最美好的纪念。

心上的银杯

*

"多美的音乐……真美啊……"

1848年4月,正是欧洲大陆杜鹃花开的季节,肖邦接受了英国维多利亚女王的邀请,从巴黎到了苏格兰,然后又回到英格兰。在伦敦最华丽的斯塔福宫里,他举办了一场钢琴演奏会,作为他英国之行的答谢演出。他的演奏引起了全伦敦的轰动。

事实上,在他内心里,更多的激动来自他的波兰同胞。因为在伦敦,他见到了许多侨居英国的波兰人。他感到格外高兴,精神比任何时候都要振作。于是,他不顾病弱的身体,在波兰同胞特意为他举办的欢迎宴会上,为大家弹奏了《玛祖卡舞曲》《波洛涅兹舞曲》和一些新的钢琴曲。自然,他也没有忘记演奏那首感人肺腑的《葬礼进行曲》。他音乐里浓浓的乡思和爱国情结,深深地打动了在场的每一位波兰同胞的心。

但是,谁也没有想到,这次演奏竟然成了他最后一次公开的演奏。演奏会之后,他已经气喘吁吁了,只好由人把他背回了旅馆。这时候,他的病情正在继续恶化。差不多每隔几天,他都会吐血,连行走也需要他人的搀扶。

"现在我什么也不能做了!我很难过!"他给友人写信说,"假如我的身体健康,至少可以每天上两次课……可是现在,我是在勉强地呼吸着……"在赶回巴黎之前,他写信给朋友说:"请在星期五买一束紫罗兰回来,让它在客厅里散发出香味。如果我心里还有一点儿诗意,回去后大概要在那里躺很久……"肖邦幻想着用紫罗兰的芳香冲淡身体的痛苦。"请及早生好壁炉里的火,烤暖房子,打扫干净,这样,也许我还可以恢复健康。"

1848年11月23日,肖邦从英国回到了巴黎。他孤身一人生活在巴黎。这时候,他的精神伴侣乔治·桑已经离开了他。他在巴黎没有任何亲人,也没有家庭。这样的日子里,他几乎是在拼着最后的一丝气息,写着他心中的乐曲。

也就是在他生命最后的日子里,又发生了这样一个故事:有一位名叫格得夫路阿·卡温尼亚克的病人,一心想听一听钢琴家肖邦的演奏。可是他是那么贫穷,没有钱也没有机会聆听肖邦的演奏。在他奄奄一息、生命垂危的时刻,他对身边的人说出了自己的最后一个愿望,就是想在离开人世前,听一次肖邦的演奏,那样他将会快乐地死去。

他周围的人都认为这是没有办法办到的事。不过，还是有人把这个病人临终的愿望，辗转传到了肖邦那里。此时，肖邦的肺病也已进入了晚期。他不断地吐血、出冷汗，连走路都是那么困难。可是，当他听到这个病人的愿望时，什么也没说，立刻就叫身边的人给他穿好了衣服，请人做向导，去了那个病人的住处……

当肖邦的马车在病人的门前停下时，人群都围了上来，吃惊地看着这一幕。大家面面相觑，简直不敢相信这是真的。人们连忙搀扶着肖邦，帮助他从马车上艰难地走下来。当肖邦走进病人的卧室，病人的脸上已经流满了感激的泪水。

肖邦强忍着病痛，走到屋子里的一架破旧的钢琴前，缓慢地坐了下来。他先是习惯性地试了试琴音。他发现，这架钢琴的琴键早已经走音了。可是，肖邦并没有任何迟疑。他毅然地抬起双臂，就用这架变了音的钢琴，为这位即将死去的人开始了演奏。

肖邦先弹奏了那首《波兰主题幻想曲》。接着，他又弹奏了夜曲《对祖国的冥想》……走音的琴键在肖邦的手下，仍然发出了美妙的声音。

这时候，处在弥留状态的病人，用极其微弱的声音，轻轻地说道："多美的音乐……真美啊……"

说着，说着，病人慢慢地闭上了双眼。他的脸上，还留着生命中最后的一丝幸福的微笑。这个病人在肖邦的钢琴声中离开了人世。可是，肖邦还在人世间苦苦地挣扎着。

1849年10月，巴黎进入初秋时节。这时，天气突然变得比往常寒冷许多，好像是寒冬提前来到了人间。到了夜间，秋雨淅淅沥沥地下个不停，整夜整夜地敲打着肖邦寓所的屋顶。10月17日这天，黎明即将到来的时候，肖邦的生命已经处在垂危的状态了。突然，远处似乎有微弱的歌声传来。肖邦挣扎着睁开双眼，大颗大颗的汗珠从他的脸上滚落下来。他已经说不出话来了，只能痛苦地打着手势。他身边的人马上明白了他想要什么。是的，他是在要那只从祖国波兰带来的银杯。

人们赶忙把那只他珍藏了多年的、曾经跟随着他走过了许多城市、里面盛有来自祖国的金色泥土的银杯拿了过来，轻轻地放在了他的手上。这时，人们发现，肖邦突然用力抓住了银杯——那是他生命中的最后一丝力气。他把银杯紧紧地搂在了自己的胸前，然后用手抓出了一撮泥土，放在自己的心口上……最后，他缓缓地、安详地合上了双眼。就这样，一代天才的钢琴家和音乐大师，怀着对祖国波兰的深深的爱恋与牵挂，永远地睡去了。这时候，巴黎圣母院清晨3点钟的钟声响起，划破了尚在沉睡的巴黎的夜空。

遵照肖邦的遗愿，人们把那一杯取自波兰的金色泥土，撒在了他的墓穴里。生前他没能回到祖国，但是他的生命和灵魂，却和波兰的泥土融合在了一起。巴黎人在为肖邦送葬的时候，齐声唱出了他的《葬礼进行曲》。人们说，这也是他献给自己的安魂曲。

1849年10月18日黄昏，清冷的秋风总算驱散了连日来的阴云。绯红的落日的余晖，映照在巴黎圣母院高大的玻璃窗和钟楼上。这一天，侨居在巴黎的波兰诗人齐普利安·卡米尔·诺尔维德，为波兰之子肖邦，写下了这样一段祭文：

"弗里德里克·肖邦，诞生于华沙，赤诚的波兰之子，举世无双的音乐天才，与世长辞了。本月17日，肺病使39岁的艺术家不幸早逝。他能以神秘的娴熟解决艺术上最难的课题，因为他善于把野花摘下来，而不让花儿上哪怕是一小滴露珠或细小的绒毛抖落。他善于用理想的艺术使它们变成光辉灿烂的星辰、流星，甚至是彗星，把整个欧洲照亮。他把洒遍波兰大地的泪珠收集起来，用它们凝成了一颗富于和谐之美的晶莹宝石，镶在人类的皇冠上。这是一位艺术大师才能攀登的伟大的峰巅。肖邦做到了这一点。"

歌声温暖全世界

*

虽然你看不见这个世界,但你可以让这个世界看见你。

他看不见这个正在遭受着病毒侵害的世界,但全世界都在同一个时刻看见了他,听见了他的歌声。

谁说一个人的歌声是渺小和微茫的?不,不!真挚的歌声和伟大的音乐所产生的共鸣是无限的,足以穿透云层,飞越高山、峡谷和海洋,感动着全人类的心。

一场只有一个人的音乐会,却瞬间唱哭了全世界的听众。没有谁能够做到,但安德烈·波切利做到了。

2020年春天,因为新冠肺炎疫情肆虐,意大利著名的建筑之一米兰大教堂,早已向公众关闭了。严峻的疫情形势,让教堂门前那个往日里总是游人如织、熙熙攘攘的大广场,变得空无一人,甚至连平时喜欢成群结队在广场上徜徉的鸽子,也不知飞到哪里去了。

但是,4月12日这天,当地时间19时,米兰大教堂的门缓缓地打开了。只见安德烈·波切利一个人，慢慢走出教堂大门，站在了门前空旷的广场上。

这是一场只有他一个人参加的音乐会。根据米兰政府应对新冠肺炎疫情的规定，音乐会没有邀请一位现场观众。因疫情而关闭许久的米兰大教堂，也只为波切利，还有为他伴奏的管风琴演奏家埃马努埃莱·维亚奈利两个人打开。

波切利虽然双目失明了，但他是音乐世界的"王者"，是全球最著名的男高音歌唱家。维亚奈利是米兰大教堂的管风琴演奏师，他用来为波切利伴奏的那架管风琴，也是全世界最大的管风琴。

这是一个震撼全球的时刻。通过网络直播，全人类都在同时倾听波切利的演唱。人们好久没有看见这位盲人音乐家了，在他走出教堂的那一瞬间，很多观众又是激动，又有些心疼，禁不住热泪盈眶。大家发现，盲人音乐家身体消瘦了许多，不知什么时候竟然变得白发苍苍了……

但他的嗓音还是那么深情低回，直达云霄，而又响遏行云。他一个人孤独地站在空旷的广场上，在管风琴的伴奏下，共演唱了5首歌，近30分钟。全球约2200万人次在同步聆听他的演唱。

这是真正的"治愈系"的歌声和音乐。人们说，波切利虽然看不见世界，但他与整个世界休戚与共，心里充满了爱与光明。他用歌声传递着爱、光明和希望，他用歌声呼唤人类对生命的热爱、对战胜疫情的信心，他用歌声凝聚起来自不同国家、不同民族、不同肤色的共同的力量，一起去度过人类最艰难的一个时期……

波切利举办这场"一个人的音乐会"，还有一个最重要的目的，是用这种方式募集到一些资金，用来购买医疗设备、器材和防护用品，捐献给那些正在冒着生命危险抗击疫情、拯救生命的医护人员。

细心的人们透过镜头注意到，四月的风吹过波切利满头白发的瞬间，他的眼角挂着晶莹的泪花……

波切利的童年和人生经历，也像他的歌声一样，充满了温暖的励志力量和"治愈力"。

1958年9月22日，波切利出生在意大利托斯卡纳区的一个小城。他从小就对音乐有着比一般同龄的小孩更强烈的敏感和好奇。

他从7岁开始学习弹奏钢琴，随后又学过吹奏长笛和萨克斯。小小年纪的他甚至对戏剧表演、歌剧演唱也产生了强烈的好奇心。

不幸的是，小波切利患有先天性的眼疾青光眼。12岁那年，他在一次踢足球时意外受伤，导致了双目完全失明。

小小的少年，顿时就像陷入了黑暗的深渊。他不知道自己未来的路该怎么走，还能不能继续走下去。

这时候，爸爸的一番话，给少年波切利带来了希望和力量。爸爸说："嘿，小家伙，不要灰心，这个世界属于每一个人。虽然你看不见你眼前的世界，但是，你至少可以做一件事，那就是，让这个世界看见你……"

"让这个世界看见你……"爸爸的话，成了这个少年盲者心中最大的慰藉。在此后的日子里，对于音乐的向往和热爱，为他打开了一扇看不见却异常明亮和宽敞的大门。

收音机、留声机和各类唱片里传出的歌声……就像家乡小城托斯卡纳田野、山冈和小河上的金色阳光，照亮了少年盲者心中的世界。

14岁那年，在爸爸的鼓励下，波切利报名参加了生平第一场演唱比赛，结果以一曲《我的太阳》赢得了冠军。

在这之后，他陆续学会了上百首歌剧咏叹调和别的歌曲。意大利那波利的民歌名曲，全世界闻名。波切利很喜欢那波利音乐中的"民歌风"，美丽和欢快的音乐，自带强大的"治愈力"。音乐也像是看不见的"安慰天使"，为少年波切利"残缺"的现实生活送来了一个安全的随身携带的"避难所"。

波切利是幸福的,不仅有伟大的音乐拥抱了他,更有睿智的父亲和慈祥的母亲,他们用温暖和宽厚的父爱和母爱,帮助儿子托起了他心中的太阳和希望……

比如,爸爸从来不把波切利当成盲者看待。到了应该入学的年龄,本来可以为波切利选择去盲人学校就读,但爸爸毫不犹豫地把儿子送进了一所正常孩子就读的学校。爸爸明白,一个失明的孩子在这样的学校就读,肯定会有许多不便,但是哪怕付出再多的努力,他也希望波切利能与正常的同龄人一样,完整和健康地成长……

再比如,波切利对音乐感兴趣,父母亲就尽最大的努力给他创造条件,去学习钢琴、长笛和萨克斯。有一阵子,小波切利喜欢骑马。换了别的父母亲也许会想,一个盲孩子,怎么可能让他去骑马呢?但波切利的父母亲,毫不犹豫地就给儿子买回了一匹小马……

后来,波切利的爸爸回忆道:命运似乎总是不肯轻易放过安德烈,但是,不管是在喜乐时刻还是痛苦之中,安德烈都没有向命运低下自己的头……

波切利长大后,进入比萨大学就读。他获得法学博士学位,毕业后成了一名律师。父母亲一直希望儿子能像正常人一样生活,有一份自己的工作,可以养活自己。现在,这个愿望实现了。

不过，波切利对一辈子当一名律师，似乎心有不甘。因为他一直喜欢音乐，心中藏着一个"音乐梦"，所以就一边当律师，一边还不断参加当地的一些音乐活动。

有一年，他参加了音乐家柯莱里在都灵举办的一个夏季音乐研习班。这位年老的歌唱家在听了波切利的演唱后，真诚地说道："年轻人，你有一副美妙的歌喉。"柯莱里向音乐家热情地推荐了波切利，他说，"你们仔细听就能感知，波切利的歌声里藏着泪水……"

音乐大师柯莱里的肯定，坚定了波切利成为歌唱家的信心。他曾回忆说："从获得柯莱里赏识的那一刻起，我就明白了，我今生的使命，就是要带给许多人快乐，以及正能量的情绪。"

此后，接连不断的机遇，让波切利在歌唱的道路上越走越远，直至成为了一位举世瞩目的音乐巨星。

1996年，他与有着音乐界"月光女神"美誉的莎拉·布莱曼，合唱了一首《告别时刻》，倾倒了全世界的歌迷。人们说，两位巨星天衣无缝的合唱，几乎要掀翻音乐大厅的屋顶……

他也被人称作"帕瓦罗蒂的接班人"。和他一起合作演唱过的另一位音乐"女神"席琳·迪翁曾说："如果神灵也会歌唱，那么他的歌声应该也像安德烈·波切利一样。"

波切利却这样说道："透过我的歌声，我希望让大家了解，不管生命中发生了什么事,无论生活中有多少悲伤和痛苦,我们总还有许多让生命活得圆满的理由。"

波切利的人生不仅是音乐界的一个"奇迹",他也用自己的行动,为全人类树立了一种无惧黑暗、永不气馁、用一颗真挚的心去给世界传递爱与光明的风范。

他从来没有忘记过,父亲在他很小的时候对他讲过的话:虽然你看不见这个世界,但你可以让这个世界看见你。

当他孤独地站在米兰大教堂门前的广场上,闭着眼睛歌唱的时候,全世界的人们都真切地感受到,乘着歌声的翅膀,从他的内心飞翔和闪耀出来的,是一片灿烂的光明。

在月亮上漫步的男孩

*

他的魅力经久不衰,光华灼灼,就像旭日之破晓、新月之初升。

小时候的迈克尔·杰克逊,长着一副单纯、可爱的面孔。他在很小的时候就表现出了令人惊异的天赋,5岁时就开始和他的四个哥哥组成了"杰克逊五人组",一起到处演唱。

小迈克尔的嗓音,就像黎明时初醒的小鸟的歌唱,声音高亢而又清亮。当大家一起唱同一个音时,小迈克尔的清澈的童音一下子就能被辨别出来。那时候人们就已经开始预言,光芒四射的小迈克尔,终有一天会独自翱翔。

果然,14岁时,他夺得了第一个单曲排行榜冠军。等到他有机会和歌星詹姆斯·布朗同台演出时,小小年纪的迈克尔,凭借着自己活力四射的舞姿和情真意切的嗓音,一下子就征服了坐在台下的观众。来自台下的热烈的欢呼,也点燃了一颗巨星的光焰,照亮了小迈克尔的巨星之路。

尽管在演艺界,少年偶像像倏忽的流星一样,瞬间就会被

他人超越和替代，也有许多童星在成年之后便江郎才尽，可是，迈克尔·杰克逊却用自己的努力，打破了这个惯例，成为了一个艺术奇迹。他的魅力经久不衰，光华灼灼，就像旭日之破晓、新月之初升。

然而，因为过早地进入了演艺界，人们说，小迈克尔几乎不曾拥有过自己的童年。或者说，过于成人化的童年，使他失去了与同龄人一起玩耍和嬉戏的机会，失去了一个孩子本该拥有的自由与快乐。当他的一些同龄人刚刚开始熟悉小学同学的时候，他已经忙碌于家族乐队了。他还没来得及享受无忧无虑的童年就已经步入了成年。小迈克尔曾经回忆说："当我排练的时候，透过窗户，看到别的孩子在玩耍嬉戏，我多么渴望和他们在一起啊！但我不能。我在不自觉中会流出眼泪。"

他出生在一个贫穷的家庭里。他的爸爸天天要为一家人的生活奔命。小迈克尔的童年记忆里没有多少温暖和爱，有的只是生活的疲惫、艰辛和爸爸冷峻的面孔。但是尽管如此，小迈克尔还是清晰地记得，爸爸经常会偷偷在半夜时，在冰箱里放上他最喜欢吃的面包圈。爸爸妈妈还尽力给孩子们买来了各种乐器。

每逢周末，爸爸会带他们兄弟五人去周边的俱乐部登台演出。有时，一个周末的演出多达十几场，直到星期一的凌晨才

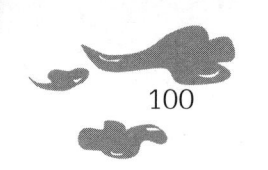

结束。爸爸开着破旧的车子，载着疲惫不堪的孩子，在曙光初露的黎明时分回到家中……

现实生活是冷峻和残酷的，舞台成了小迈克尔唯一的"避风港"。在舞台上演唱时他是快乐的，可是，"一走下舞台我就会黯然神伤"，这成了小迈克尔的一句名言。因为走下了舞台，他必须去面对自己的"战栗的童年"。

我们从他那首献给童年的名曲里，可以感受到他的这种心情："你可曾见过我的童年？我正在寻觅自己生命的本源。因为我曾在四周找遍，也陷入过心灵的得失之间。了解我的人仍未出现，人们认为我做着古怪的表演。只因我总是显出孩子般的一面，但请对我宽容一点。有人说我不正常很明显，就因为我对简单自然的爱恋，补偿我从未有过的童年……你可曾见过我的童年？我正在寻觅儿时的欢乐瞬间。比如海盗和征服冒险，宝座上的国王你是否也曾梦见？请试着喜欢我，在你对我做出判断之前，审视你的内心，向自己发问：你可曾见过我的童年？……我正在寻觅儿时的欢乐瞬间，好像分享幻想故事还有神仙。我那些大胆的梦想啊，看我飞上了蓝天！请试着喜欢我，在你对我做出判断之前，我痛苦的儿时记忆仍在绵延……"

这是小迈克尔最真实的童年，最真实的心声。可是，童年已经远去，他永远也找不回来了。但他心中还怀着童年的梦想，保持着对自己朦胧的童年记忆的怀念和留恋，保持着一颗童心，甚至毕生都在寻找他那不曾真正拥有过的童年，试图寻找和重建童年的梦幻。他建了一座巨大的游乐场，把它命名为"永不消失的乐园（Neverland）"。他多想让自己变成那个永远也不愿意长大的小飞侠彼得·潘。他一生最好的朋友，就是孩子。人们说，迈克尔·杰克逊是一个永远站在童年门口张望的人，他始终不愿离开他的童年。

他也全心全意地热爱着自己的舞蹈。他被观众称赞为一台舞技高超的"跳舞机器"。1979年，他推出的专辑《疯狂》，预示着一位成熟的舞蹈艺术家开始走向世界。封面上的迈克尔·杰克逊身穿燕尾服，形象焕然一新，光彩照人。这时候，他似乎也在宣告，他已经告别了自己的童星时代，他将开始一段新的艺术传奇。

迈克尔·杰克逊作为舞者的至尊荣耀的时刻，是1983年他在一场电视晚会上表演的身体向后滑步的"太空舞步"，又叫"月球漫步"。他所独创的舞蹈招牌动作，再加上他独有的嗓音，令全球亿万歌迷为之倾倒和疯狂。

迈克尔曾说，他是从一群在街上跳舞的孩子那里学来的"太空舞步"。当时，他一看到这种动作，脑海里就马上涌现出登上月球的探险家的太空步的画面。他在自己的舞蹈中借鉴和完善了这种动作,然后,他还邀请那些在街上跳舞的孩子和他一起来排练,并且让他们教他一些街头正在流行的东西。多年后,其中的一个孩子这样说:"能够和迈克尔·杰克逊一起跳舞,就是我所有的梦想了。我生命中的目标,就是能与他一起跳舞。"

2009年6月,一颗巨星突然陨落了。人们说,世界上最会唱歌的那个"坏小子"离开我们了——不,他是去寻找自己失落的童年去了,是去他童年时代的月亮上漫步去了。

当迈克尔活着的时候,人们总是津津乐道于他的"离经叛道",而无视他的人道主义精神和种种慈善义举,这对他来说是多么的不公平!所幸的是,当巨星陨落之后,良心发现的媒体及时而公正地转变了焦点,重新关注到了迈克尔·杰克逊那令人叹为观止的表演才华和勇于创新的艺术精神,以及他所引领的流行文化。

迈克尔的挚友伊丽莎白·泰勒曾这样评价他:"什么是天才?什么是活着的传奇?什么是超级巨星?迈克尔·杰克逊就是这全部的化身。我认为他是地球上最伟大的人物之一。"

巨星陨落,天王离去,全世界都在为他哭泣。一个属于迈克尔·杰克逊的时代,也同时拉上了帷幕。

松山芭蕾舞团的故事

※

青山一道同云雨,明月何曾是两乡。

2020年早春的风,随着最后一场飞舞的雪花吹过了长江两岸,但新冠肺炎疫情还在人间肆虐,抗击疫情的紧张与艰难,正在揪痛全国民众的心。残冬的寒风,还在吹袭着中国的南方和北方……

就在这样的时刻,与中国一衣带水的近邻日本,不断地向中国人民伸出温暖的援手。几乎所有中国人,不仅仅被来自日本的一批批无私的捐赠物资所感动,也为写在包装箱上的"山川异域,风月同天""青山一道同云雨,明月何曾是两乡"等诗句所温暖。身在疫区的人们,更加感同身受。

2月12日,来自日本松山芭蕾舞团的一个视频,又让无数中国人流下了热泪。

舞台中央,松山芭蕾舞团团长清水哲太郎先生,还有他的太太、被誉为"东洋明珠"的芭蕾舞艺术家森下洋子女士,并排站在一群身穿芭蕾舞服的演员的身后。清水哲太郎用带着嘶哑、令人动容的声音高声说道:"数千年以来,中国教给日本无数宝贵的经验与智慧。人类最痛苦的时刻恰恰是最珍贵的瞬间,因为此时人类会唤起无穷的力量。不气馁,不松懈,不畏惧,不放弃,百折不挠,勇往直前,与看不见的敌人顽强抗争,必将迎来最后的胜利!"

说完,芭蕾舞演员们齐声用中文高唱起中华人民共和国国歌,然后又一起高声喊道:"我爱中国!我们爱中国!武汉加油!中国加油!人类加油!"

这段视频,瞬间传遍了全中国,每个人都深深感受到了中日两国"青山一道同云雨,明月何曾是两乡"的真诚情谊。

不过,也有不少孩子和年纪稍轻的人,因为不太了解松山芭蕾舞团与中国的渊源,甚至还有点好奇:一个日本艺术团体,为什么会选择用齐唱中国国歌《义勇军进行曲》这首抗日战争主题的歌曲,来表达他们与中国人民守望相助的心愿呢?

这要从松山芭蕾舞团的历史,以及它与武汉这座城市的情谊说起了……

1948年1月,松山芭蕾舞团由清水正夫和他的夫人松山树子在东京创建,是当今日本最著名的芭蕾舞团之一。松山芭蕾舞团演出的代表性剧目,以古典芭蕾舞为主,有《天鹅湖》《睡美人》《胡桃夹子》《格蓓丽亚》《堂吉诃德》《罗密欧与朱丽叶》《灰姑娘》等。

1952年秋天，清水正夫第1次看到中国的电影《白毛女》，被这个发生在旧中国的故事深深打动，萌生了把白毛女的故事改编成芭蕾舞剧的想法。当时，他手上的相关资料不多，就给中国戏剧家协会写了一封信，希望能获取一些支持。1953年年底，著名戏剧家、时任中国戏剧家协会主席的田汉，给清水正夫写了一封回信，随信还寄上了中国歌剧版《白毛女》的剧本、乐谱及舞台剧照等资料。

3年后，1955年，松山芭蕾舞团首次创造性地把白毛女的故事搬上了芭蕾舞台。1958年，中日两国政府尚未恢复邦交关系，清水正夫夫妇顶住来自日本方面的压力，带着松山芭蕾舞团来到中国，在北京、重庆、武汉、上海等地巡演，获得了巨大成功。中国观众从此记住了清水正夫、松山树子和他们这个日本芭蕾舞团的名字。

后来，清水正夫在自己写的书中回忆说："在13000人的观众面前演出，我们芭蕾舞团还是第1次。13000人的掌声响彻巨大的剧场，这种壮观的情景是举世无双的。"

从那以后，60多年来，松山芭蕾舞团的一代代艺术家薪火传承，不断演绎着白毛女这个"旧社会把人变成鬼，新社会把

鬼变成人"的中国故事,也感动着一代代中国、日本和世界的观众。

松山芭蕾舞团曾受到毛泽东、周恩来等多位新中国领导人的亲切接见,在中日两国民间文化交流中发挥了特殊的作用,被誉为中日之间的"芭蕾舞外交的使者"。

2017年5月,松山芭蕾舞团第15次来到中国,在北京人民大会堂和上海大剧院隆重上演了新版的《白毛女》。舞蹈家森下洋子是继松山树子之后的第二代喜儿扮演者。她在舞台上婀娜的体态、轻盈的身姿,尤其是对喜儿这个人物形象真情和完美的塑造,引起北京和上海两地观众们一阵阵喝彩和热烈的掌声。

在上海演出谢幕的时候,观众们才得知,森下洋子已经68岁了!而她在舞台上的精湛表演,还有那清纯明亮的眼神,使人感觉她仍然像一个少女一样,没有人会去注意到她脸上的皱纹……

那么,松山芭蕾舞团和武汉又有着怎样的渊源呢?

原来,松山芭蕾舞团创建以来,先后有过3次到武汉演出的经历。

1964年,清水哲太郎的父亲、松山芭蕾舞团的创始人清水正夫,就曾率团到武汉演出过。这是松山芭蕾舞团第1次与武

汉"结缘"。

1971年，清水哲太郎还只是团里的一个普通演员。他的父亲当时仍然担任团长。松山芭蕾舞团在这一年第2次来到武汉，在中南剧场演出《白毛女》。事隔50年后，清水哲太郎依然清晰地记得中南剧场的那个圆形舞台的样子。

2018年，他们在中国5个城市巡演期间，第3次来到武汉。10月18日、19日，他们在武汉琴台大剧院连演了两场《白毛女》。清水哲太郎说，武汉给他们留下的印象非常难忘，武汉的观众是他们遇到的"最热情的观众"；喜儿的扮演者森下洋子也记得，武汉站是那次巡演中"最热情的一站"，"谢幕时的叫好声震耳欲聋"。

正是因为这样的渊源，所以，当新冠肺炎疫情在武汉肆虐时，松山芭蕾舞团所有人都关注和牵挂着这座城市。他们不仅向武汉捐赠了近2万个口罩，还一起登上东京塔，朝着中国的方向，默默地为武汉和中国祈福。清水哲太郎说："东京塔是东京最高的地方，我们朝着武汉的方向祈祷，希望这座城市能早日渡过难关！"

在说到为什么会选择用齐唱中国国歌的方式，为中国人民、为武汉人民"加油"时，清水哲太郎说："我们非常清楚它是抗日战争时期创作的，所以我反倒觉得，唱这首歌特别符合我

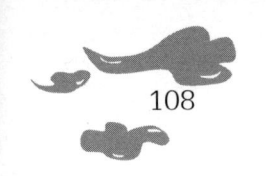

们现在的心情,这首歌代表着一种'反省',以及向着未来前进的心情。"

"山川异域,风月同天""青山一道同云雨,明月何曾是两乡"。一个著名的芭蕾舞团,一部根据中国故事改编的芭蕾舞剧,一支雄壮的中国国歌……就像一道美丽而坚固的桥梁,架设在一衣带水的中日两国之间,也成为了中日人民世代友好之路上和世界芭蕾舞蹈史上的一段传世佳话。

搜尽奇峰打草稿

从齐白石画芭蕉说起
赤心国
搜尽奇峰打草稿
《开国大典》的故事
铁马冰河的英雄史诗
师者的风范
从小学徒到大画家

从齐白石画芭蕉说起

※

求真精神比任何想象更为重要。

据说,艺术大师毕加索曾对前往欧洲学画的中国人说过这样的话:"真弄不懂,你们为什么要舍近求远,跑到欧洲来学绘画?你们那里有齐白石,我们这里可没有这样的大师啊!"

1956年,著名画家张大千在法国拜访毕加索,毕加索曾对张大千说:"我不敢去你们中国,因为中国有个齐白石。"毕加索说:"齐先生水墨画的鱼儿没有上色,却使人看到长河与游鱼,那墨竹与兰花更是我不能画的。"

这一年,齐白石画的《百花与和平鸽》获得了国际和平奖。白石老人说:"画鸽要画出令人和蔼可亲,才有和平气氛。他(毕加索)画鸽子飞时要画出翅膀振动。我画的鸽子翅膀不振动,但要在不振动中看出振动来。"

齐白石是湖南湘潭人,与毛泽东主席同乡。他小时候家里很穷,8岁就给人家放牛、砍柴。牛在吃草的时候,他就用柴棍

在地上画画。后来，他当了走村串乡的小木匠，又学会了画画、刻章，就以卖画、刻印为生。

齐白石从小生活在农村水塘边，喜欢花鸟虫鱼，也常常在塘边钓虾玩儿。他从青年时开始画虾，一直画到90多岁。他画的虾无论大小，看上去都栩栩如生，像活蹦乱跳地游动在水里的真虾一样生动。虾成了齐白石最具代表性的一个艺术符号。

有一天，徐悲鸿在家中设宴，专门款待齐白石、张大千两位大师。饭后，齐白石乘兴挥毫，用墨画了三片荷叶，又用红色画了两朵荷花，以示答谢。张大千想在画上再添几只小虾，画得入神，手舞笔飞。可是，齐白石看了看，却暗暗拉了拉他的衣袖，悄声说："大千啊大千，虾的身子只有六节，不论大虾小虾，其身只有六节，不能多画，也不能少画！"

原来，张大千真的不清楚虾的身子究竟有多少节，他忽视了生活细节的真实，最后只好又画了些水纹和水草，把节数不准的虾身遮掩过去了事。回到家，张大千请人买来活虾，倒在盆中，仔细观察，果然发现虾不论大小，虾身都只有六节。

在追求细节的真实上，显然齐白石堪称尊师。此后，张大千经常告诫他的学生们，创作时务必牢记：求真精神比任何想象更为重要。

另有一次，张大千画了幅《绿柳鸣蝉图》，送给了一位收藏家。画的是一只蝉伏在柳枝上，头朝下，一副正要起飞的样子。蝉的神态和柳枝的飘摇格外生动逼真。收藏家得到此画，很是珍爱，想请齐白石在画上题首诗。齐白石仔细看了画后，说了一句："大千此画谬矣！蝉在柳枝上，头永远是朝上的，绝对不能朝下。"

张大千听后，心里很不服气，暗将此事记在心中。有一年他观察了整整一个夏天，发现柳树枝条上所有的蝉果然都是头朝上，没有头朝下的。张大千从此对齐白石佩服得五体投地。

齐白石画每一种昆虫或小动物，都会仔细观察，胸有成竹之后才会动笔。很多绘画素材，就来自他长期的生活观察和积累。

他画《我最知鱼》，一群小鱼围着追逐水中的钓饵，这是齐白石小时候经常做的事儿，所以他最熟悉鱼虾。他77岁时画过《墨猪出栏》，因为他童年时就养过猪、放过猪，他写的诗句"牧汝追思七十年"，是生活真实的写照。

齐白石喜欢画蝌蚪、蝉、纺织娘、蜻蜓、螳螂和一些草虫、甲虫，因为这些小东西是他童年时代里最快乐的玩伴，他到老还记得，乡里人把黑蜻蜓叫作"黑婆子"，把七星瓢虫叫作"红娘子"。这些农村孩子眼里的小虫，在他笔下总是那么富有灵性，带着村童的野趣和情趣；他画鲇鱼，象征年年有余；画石榴，象征多子多孙；画桃子，象征多寿多福……画里总是散发着浓郁的民间文化、乡土文化的气息。

徐悲鸿十分欣赏齐白石的画艺，称赞他的画是"妙造自然，浑然天成"。但是，齐白石没有出名之前，很多画西洋画的画家，还有当时美术界的一些"学院派"画家，有点看不上齐白石，觉得他是乡村木匠、艺人出身，充其量是个"画匠"。

有一次画展，齐白石的作品受到冷落，他的一幅《虾趣》被挂在一个不被人注意的角落里。徐悲鸿在展厅内看到这幅带着生动的田园生活气息的《虾趣》时，心中暗暗赞道：真是一幅妙趣横生的佳作啊！他当即找来布展人，把这幅《虾趣》挂到了展厅中央，和他的作品并列在一起，然后把《虾趣》只有8元的标价改为80元，把他自己画的一幅《奔马》，标价为70元。细心的徐悲鸿还特意在《虾趣》下面注明了"徐悲鸿标价"的字样。这件事当时引起美术界的轰动，齐白石也从此名扬京城。

身为大师的徐悲鸿，曾受聘担任北平大学艺术学院院长。他上任不久，就亲自去拜访齐白石，想聘请齐白石来校担任教授。但是一连两次，齐白石默默看了一会儿徐悲鸿，都婉言谢绝了。徐悲鸿不死心，第三次来到齐白石家里。这时候，齐白石说出了自己的心里话："我一个星塘老屋拿斧子的木匠，怎敢到高等学府当教授呢？"徐悲鸿说："您岂止能教授我徐悲鸿的学生,也能教我徐悲鸿本人啊!"

就这样,因为有了徐悲鸿这样的"知音",齐白石这个没有读过几天书、乡村木匠出身的画家,又当上了艺术学院的教授。齐白石从一个乡村木匠而成为世界闻名的绘画艺术大师,他的奇特经历成为后来人津津乐道的艺苑佳话。

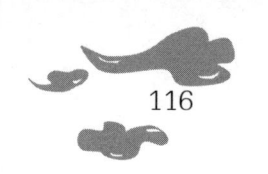

赤心国

*

无论多么艰难的日子,也丝毫不能改变他对美的发现,对生活的热爱。

江南水乡的石门镇上,盛产两样美丽的东西:亮晶晶的蚕丝和漂亮的蓝印花布。小镇上的青石板小街两旁,都有不少蚕丝作坊和蓝印花布染坊。丰子恺家的染坊叫"丰同裕",这是祖上传下来的"老字号"。他从小在染坊里长大,每天都看到姑姑、妈妈和姐姐们在染制蓝印花布和彩色绸伞。

父亲给他取的乳名叫"慈玉",可见有多疼爱他。他前面有6个姐姐,他是父母亲和姐姐们心中的"宝玉"。心灵手巧的姑姑还常常教他剪纸,教他给图画上颜色。

有一次,他从染坊讨来一些染料,学着姑姑和姐姐们的样子,给课本上的每幅图画都涂上了颜色。一本黑白色的《千家诗》,竟然变成了漂亮的彩色图画书。

春天里,他独自来到郊外,站在开满油菜花的田野上,看燕子飞舞,听燕子呢喃唱歌。燕子们好像在喊着他的名字:"来呀，小慈玉，来和我们一起玩儿呀！"

水乡的夏夜多么安静，草丛里飘出蟋蟀们的琴声。他也喜欢坐在夜晚的井台上，仰望像宝石一样闪耀的星星，还有像小船一样弯弯的月牙儿。他想象着，在浅浅的天河两岸，难道是谁在打着星星的灯笼走来走去？

他小小的年纪，越来越喜欢所有"美"的东西了，无论是美的风景，还是美的事物。父亲晒书的时候，他看到里面有本《芥子园画谱》。他背着父亲，把这本书悄悄拿到自己的小书房里，天天照着书上的图画描呀画呀。画完了兰草，再画树木；画完了树木，又开始画小人儿……

有一天，私塾先生看到了他画的图画，惊讶地问："这真的是你画的吗？那你能不能照着画谱，画一张大一点的孔子像给我看看？"

他还从没画过"大画"呢，这可怎么办呢？幸好有姐姐们来帮助他。姐姐们教给他一个方法：先把画谱上的孔子像描一遍，再在画稿上打上一个个小方格，然后在一张大纸上也画上同样数量的小方格。这样一个方格一个方格比着画，就又简单又准确了。

第二天，他把画好的孔子像带到私塾，先生和小同窗们都朝他竖起了大拇指。先生还特意把这张画贴在私塾牌匾的正下

方。这件事很快就在小镇上传开了,人们都夸赞说:丰同裕染坊里出了个"小画师"。

年年柳色,年年秋风。少年画师长大了。

1914年,16岁的丰子恺考进了浙江省立第一师范学校。夏丏尊、马叙伦、姜丹书、张宗祥、李叔同……很多名师都曾在这所学校任教。李叔同先生是从日本留学回来的音乐家、书画家,还会演话剧。

丰子恺最喜欢李先生的音乐课和美术课。李先生经常带着学生们到美丽的西湖边写生。小桥、杨柳、游船、船娘……丰子恺把每一样都画得很美很美。

"你画画进步很快,你是我见过的最用功的学生,以后可以专心画画……"李先生的鼓励就像西湖上的春风和春雨,温暖和滋润着一颗少年的心。丰子恺下定决心,要专心画画,把一生献给艺术。

1919年夏天,荷花盛开的时候,丰子恺毕业了。乌篷船穿过一座又一座小桥,好像有无数条分岔的小路,在前方等待着他。朋友们邀请他来到了摩登的上海。他在一所私立艺术专科学校里担任美术老师。美丽的辛夷花在校园里摇晃。辛夷树下,他和几位志同道合的朋友一起,发起成立了中华美育会,出版《美育》杂志,他担任编辑。

1921年春天,母亲忍痛卖掉了一座祖宅,筹集了一笔供他去日本"游学"的钱。杨柳依依时,他离开了家乡,离别了亲爱的母亲和姐姐们……

　　有一天,落叶纷飞的时刻,在东京街头的旧书摊上,他与一本《梦二画集·春之卷》相遇。竹久梦二优美和抒情的画风,就像无声的诗,深深地吸引了他。"寥寥数笔的小画,不仅以造型的美感动我的眼,又以诗的意味感动我的心……"他曾回忆说。从此开始,他一生都在追求这种交融着爱与美的抒情画风……

　　从日本回国后,教育家夏丏尊邀请他来到春晖中学任教。春晖中学坐落在浙江上虞美丽的白马湖畔。他一边当老师,一边开始画画。他在住所旁栽了一株杨柳,给住所取名"小杨柳屋"。除了给校刊《春晖》画插图和题花,也给上海的一些报刊画插图。

　　他还是那么喜欢所有"美"的东西:一道芦帘、一弯新月、一枝桃花、几丝柳条、几棵翠竹……都带着美和诗意,出现在他的画笔下。"小杨柳屋"的门后和墙上,贴满了这样的小画。他的邻居夏丏尊看到这些小画,喜欢得连连称赞:"好!再画,再画!"

　　一个新月如钩的夏夜。聚会谈天的朋友们都散去了,明净

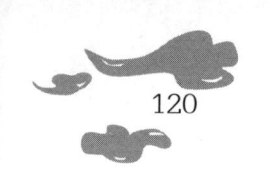

的夜空只剩下一弯新月和几颗星星。虫子们在看不见的地方低声私语……他坐在铺着蓝印花布的小茶桌边,画了一幅新作《人散后,一钩新月天如水》。

他的漫画,得到了越来越多的好评。1925年12月,伴随着漫天飞舞的雪花,他的第一本漫画集《子恺漫画》诞生了。一位评论家朋友说:"我的情思却被他带到了一个诗的仙境……"一位散文家朋友说:"我们都爱你的漫画有诗意,一幅幅的漫画,就如一首首的小诗——带核儿的小诗……"

他用美丽的眼睛去发现世界的美。他也用善良的心,去感受人世间的不幸和忧伤。有一天,他看到一位贫穷的妈妈,抱着襁褓中的婴儿,正在一个育婴堂门外徘徊,准备送走自己的小宝贝,但又是那么恋恋不舍。育婴堂的墙脚下,狗妈妈正带着几只小狗在玩耍……

他迈着沉重的脚步回到家里,默默画下了这悲伤的一幕。他手中的画笔在颤抖,就像那位无助的妈妈的心在颤抖……

轻柔的雪花,静静地落在江南大地上……

1928年,30岁的丰子恺开始为开明书店出版的《开明国语课本》《开明英文读本》等中小学教科书和儿童图书、文学书籍和杂志,画插图、做美术设计。他自己的画集、散文集等作品,也都交给开明出版社出版。

有一天，夜色已经很深了。是的，很深很深了，所有的人都入睡了。街道上不时传来更夫巡夜的打更声，还有夜晚的邮车渐渐远去的车轮声。弯弯的月亮好像在偷看，小巷深处那个闪着橘色灯光的小窗……

他正在为夏丏尊翻译的意大利儿童小说《爱的教育》画插图。就像小说里那个五年级小学生叙利亚一样，他在静静的雪夜里埋头"笔耕"。这团小小的橘色灯光，是他送给孩子们、送给明天的世界的光亮与温暖……

早在1918年8月19日，丰子恺的老师李叔同在杭州虎跑寺剃度出家，法号弘一。丰子恺也有心追随老师，学习佛家智慧。在弘一法师的影响下，丰子恺做了居士，取法名"婴行"。从此，丰子恺与佛家结缘。在他后来的日常生活、绘画和文学作品里，都能看到纯洁的童心和澄澈的佛性。

春天来了。故乡的桃花又盛开了。1933年春天，丰子恺回到故乡石门，建造了自己的新家"缘缘堂"。缘缘堂的匾额，是他最尊敬的老师李叔同（弘一法师）题写的。

一群像小燕子一样的孩子，围绕在他身边。天空中的燕子、月亮和星星，地上的孩子、杨柳和桃花，还有撑着油纸伞的江南女子，轮番走到他的画纸上……

春雨洗过的小巷里，青石板路是那么洁净。三两枝鲜艳的

桃花，伸出了谁家的院墙？故乡的小女孩，正打着油纸伞，走在淅淅沥沥的小雨中……

一位美丽的母亲，抱着孩子倚靠在窗户边，正在望着小巷电线上一只断了线的纸鹞……小巷这么深，这么空寂，她在思念谁呢？

他画得最多的，是他的孩子们的日常生活。阿宝是他的大女儿。瞧，阿宝给凳子的四只脚都穿上了小鞋子……

瞻瞻是他的长子。瞧，小瞻瞻把两把圆圆的大蒲扇往胯下一放，就变成了脚踏车（自行车）的两个轮子……

阿宝是大姊，软软是二姊，瞻瞻是弟弟。姐弟三人学着人家举办婚礼的样子，玩起了"婚礼"游戏。瞻瞻当新郎官，戴着爸爸的大礼帽；软软当新娘子，用妈妈的红包袱蒙住头；姊姊阿宝做媒人，拉住一对"小新人"，正要把他们送进"洞房"里去呢！

阿宝和小狗是形影不离的好伙伴。阿宝放学回家了，还没有进门就快乐地喊道："回来了！"小狗记得自己的家门，快乐地跑在小主人前面。

瞻瞻和小猫是形影不离的好伙伴。瞻瞻在墙壁上画画，小猫就在一旁观看；瞻瞻在喝果汁，小猫也在一旁看着，好像在说："果汁好喝吗？给我也喝一点可以吗？"

瞻瞻也常常看到爸爸在书房里画画、写字，所以就趁爸爸不在家时，悄悄溜进书房，一手握笔、一手抚案，模仿起爸爸画画的样子……不一会儿，瞻瞻又开始玩搭积木了，他用积木搭建了一座高高的城门……搭积木游戏玩累了，瞻瞻又和姊姊玩起了"买票"的游戏：地上铺着积木小火车，还插着巡道工用的小信号旗；一把靠背椅成了售票的房间和窗口；姊姊在卖票，弟弟在买票……

孩子们在玩游戏的时候，不知道爸爸总是躲在门后或窗帘后面，悄悄地观察着这一切呢！有时候，爸爸也会快乐地参与孩子们的游戏。爸爸骑着自行车，后面牵拉着瞻瞻的婴儿车，父子俩的"小旅行"开始啦……

有时候，瞻瞻也给爸爸当写生的"小模特儿"。爸爸说："开始画了哦！坐好不要动哦！一动，爸爸就画不好了！"瞻瞻真的一动不动地坐在那里，连眼睛都不敢眨一眨。

胡同口传来了卖"转转糖"的老爷爷的小铜锣声。五颜六色的糖果、小糖饼和一些小玩意儿，都摆在转台上，就等着小孩子来了。当然，你得付给老爷爷几分钱、一毛钱，或是家里不用的旧物品，这样才能参与"转转糖"的游戏。转转支架上的"指针"停在哪里，下面的糖果和小玩意儿就归谁。哪个小孩子能抵抗住这样的"诱惑"呢？看吧，连两只小鸡娃，都禁不住"诱惑",要跑到转台下,等着吃点糖饼渣儿呢!

冬天来了,窗外又飘起了雪花。孩子们坐在温暖的火盆前取暖,通红的炭火里还插着火钳,上面搁着烧水壶……爸爸的书房里,水仙花正在盛开。爸爸又在埋头画画了……

看着孩子们在安静地享受着快乐的童年和温馨的亲情,丰子恺的心里也充满了温暖。"哦,孩子们,在我心中,你们有着与日月、星辰、艺术同等的地位啊!"他握着画笔,回过头看看孩子们,默默想道,"我对于你们的疼爱和关心里,也包含着对全世界的孩子的疼爱和关心哟!"

他也喜欢描绘自己美丽的家乡。在他的画笔下,雨后空气清新的小河边,小牧童正骑在水牛背上,悠闲地吹着牧笛,好像在告诉人们:江南呀,家乡呀,这美丽的土地,都是我们自己的!

可是没过多久,日本侵略者踏进了这片土地。侵略者的炸弹,炸毁了石门镇的小街、染坊和小桥,也炸毁了丰子恺一家人的"缘缘堂"。火光燃烧在江南的田野和小镇上。1937年冬天,丰子恺携着一家老小,开始了漫长的背井离乡的逃难生活。

国破山河在。千里故乡,只能在梦中回忆了。家仇国恨,日夜煎熬着他的心。但他坚信,自强不息的中华民族,是永远不会被摧毁的!

　　有一天,他在武汉郊外的田野上,看到一棵大树被砍掉了树冠。但是,从坚强的树干上又抽出了新的枝条,绽放出了新的绿叶,有的枝条还超出了其他大树的树顶……回到家他立即画了一幅画,还配了一首诗:"大树被砍伐,生机并不绝。春来怒抽条,气象何蓬勃!"生生不息的大树,不正是中华民族树大根深、坚忍不拔的性格的象征吗?

　　这个时期,他的画笔好像蘸着愤怒的血泪,创作了《战地之春》《寄语我儿郎》《空军杀敌归》《大树》等抗战题材的漫画。在他的心里,也燃烧着爱国和正义的火焰。在深深的雪夜里,在家人和孩子们都睡下的时候,他奋笔疾书,写下了《中国就像一棵大树》《辞缘缘堂》《还我缘缘堂》《告缘缘堂在天之灵》等散文,表达了对日本强盗的愤怒,对家乡故园的思念。

　　寒冷的雪夜里,家人都睡下了,他根据女儿一吟的经历,为孩子们创作了歌曲《幼女之愿》和《我们四百兆人》。"……待儿年十五,自起将旗鼓,收复旧神州,与君共嬉游。"坐在橘黄色的灯光下,他含着眼泪,轻轻吟哦着歌词,等待着黎明的到来……

　　在战争和离乱的日子里,正当学龄的孩子们都无法上学了。他只好自己动手为孩子们选编课本,还经常给他们讲解古典诗词。他叮嘱孩子们,一定要好好学习中国古典诗词,从屈原、李白、杜甫、白居易,到辛弃疾、李清照、龚自珍……不仅要背诵他们的作品,还应该领会这些作品里的家国情怀。

一个夏天的傍晚,萤火虫在夜色里画着金线和银线。他没有像往常那样,出来乘凉和给孩子们讲故事。女儿阿宝有点纳闷:"这么热的天,爸爸躲在屋里干什么呢?"阿宝悄悄走进屋去看个究竟。

原来,爸爸用工整的蝇头小楷,把屈原的长诗《离骚》,全部抄录在一把白纸折扇上。爸爸擦着汗水对阿宝说:"这是大诗人屈原的名篇,我把它抄录在扇子上,你每次扇扇子时都可以读到,一个夏天就能背下来了。"阿宝照着爸爸的要求,每天摇扇时,就陶醉地诵读起来。夏天过去了,她真的把长长的一首《离骚》背熟了。

无论多么辛苦的日子,都丝毫不能减弱他对孩子们的疼爱。为了养家糊口,他白天要出去教书讲课,晚上回到家还要画画,给孩子们讲故事,帮孩子们温习功课。

正因为这种热爱和亲近,他深深体会到了孩子们的心理,发现了一个和成人世界完全不同的儿童世界。他把这个世界画进了漫画和插图里,也写进了童话和散文里。在他的心目中,孩子的心是最美和最纯洁的"王国",他给这个"王国"取名"明心国"和"赤心国"。

无论多么艰难的日子，也丝毫不能改变他对美的发现，对生活的热爱。有一次，他看到蚊帐上破了一个洞，就画了一个玲珑可爱的小图案，让女儿绣在白布上，再剪成圆形补在洞洞上。不知道的人，还以为蚊帐上本来就有这么一个小装饰呢！

有一天，窗玻璃的一角被碰破了，女儿正要拿厚纸去糊上。他马上阻止说："这很不雅观哦。"说着就用白纸裁出一角，在上面画了"一枝红杏出墙来"的图案，补在玻璃窗碰破的一角上……

新中国诞生了，新的时代开始了。丰子恺带着家人，结束了流离失所的日子，回到上海定居。站在新中国的天空下，他觉得自己变得年轻了，有的是热情，有的是力量……

他担任了上海中国画院院长等职务，创作了《绘画鲁迅小说》《格林姆童话》等大量的作品插图。他每天辛勤笔耕，翻译了俄罗斯文学名著《猎人日记》、日本文学名著《源氏物语》等。还在人民教育出版社社长叶圣陶的鼓励下，翻译了不少儿童音乐教育和美术教育著作。

丰子恺一生敬爱自己的老师弘一法师。弘一法师善良慈悲，对世间生灵充满敬畏和爱护之心。1927年，弘一法师来到上海暂住在丰子恺家，便与丰子恺商量合作出版一本《护生画集》，

丰子恺作画，自己配诗。时近1930年，弘一法师正好50岁，丰子恺遂画成50幅祝贺弘一法师的生日。抗日战争全面爆发后，丰子恺克服重重困难，将60幅《续护生画集》作品寄给弘一法师让其写诗文，弘一法师感到十分欣慰。他在给丰子恺的信中写道：朽人70岁时，请仁者作《护生画集》第三集，共70幅；80岁时，作第四集，共80幅……100岁时，作第六集，共100幅。护生画功德于此圆满。

一直到1942年，弘一法师去世后，丰子恺默默信守着美丽的应诺，直到完成了《护生画集》第六集。六集《护生画集》，共450幅作品，全部由丰子恺绘画。第一、二集文字为弘一法师书写；第三集为叶恭绰书写；第四、六集由朱幼兰书写；第五集由虞愚书写。

万物有灵且美。地球是人类、动物、植物们共同的家园。"护生"就是"护心"。爱护动植物的生命，也就是爱护人类自己的生命。《护生画集》是一套引导人们学会敬畏大自然、爱护生命、培养善爱之心的最直观的"生命教育"读物，也是丰子恺留给人类艺术宝库的一匣闪闪发光的珍珠。

1975年，77岁的漫画家、文学家、美术和音乐教育家丰子恺，提前画完了100幅"护生"画作，功德圆满，到另一个世界和自己的老师相聚去了。

他去世的时候，被他画过和呵护过的小昆虫、小动物们，还有像小燕子一样的"孩子们"，也许都躲在夜色里的草丛里和墙脚下，躲在月光下的大树后面，悄悄哭泣……

天上的星辰，地上的小孩，这是丰子恺先生一生的挚爱。丰子恺出生于1898年11月9日。整整100年后的这一天，中国国家天文台在茫茫宇宙中又发现了一颗新的小行星。2020年6月3日，经国际小行星命名委员会批准，这颗小行星被正式定名为"丰子恺星"。

搜尽奇峰打草稿

*

"十上黄山"的故事,已经成为中国绘画界的一桩美谈。

中华大地,画山绣水,山河壮丽。我们常用"三山五岳"指代祖国众多巍峨的山岳。"三山"指的是安徽黄山、江西庐山、浙江雁荡山;"五岳"指的是东岳泰山、西岳华山、南岳衡山、中岳嵩山、北岳恒山。位于安徽南部的黄山,有"天下第一奇山"的美誉,甚至还有"五岳归来不看山,黄山归来不看岳"的美谈。它的奇松、怪石、云海、温泉、冬雪,又被人们称为"黄山五绝",其中最有名的一棵黄山松,树形优美,又称"迎客松",可谓天下皆知。

现代诗人、散文家徐迟先生写过一篇美文《黄山记》,多年来一直是中学语文课本里的保留篇目。《黄山记》就写道:"大自然是崇高、卓越而美的。它煞费心机,创造世界。它创造了人间,还安排了一处胜境。"这处胜境就是黄山。"它巧妙地搭配了其中三十六大峰和三十六小峰。高峰下临深谷;幽潭傍依天柱。这些朱砂的、丹红的、紫霭色的群峰，前拥后簇，高矮参差。三个主峰，高风峻骨，鼎足而立，撑起青天。"

正因为黄山这样壮丽、丰富和神奇，所以吸引着一代代山水画家，以黄山为师、为友、为心灵的故乡。画家们"搜尽奇峰打草稿"，不断地从黄山的山水云岚中吸取艺术养分，丰富各自的创作，甚至慢慢地形成了一个"黄山画派"。黄山哺育了画家们的艺术生命，画家们也用绘画尽情地展示了黄山无与伦比的魅力。

刘海粟先生是山水画艺术大师，也是现代著名的美术教育家。他一生最爱黄山，许多传世的作品大都以黄山为题材。他创作生涯中"十上黄山"的故事，已经成为中国绘画界的一桩美谈。

1918年，22岁的青年画家刘海粟，第一次攀登到黄山上写生创作。到1988年他92岁时第十次登上了黄山，前后跨度有70年。人们赞誉刘海粟70年间"十上黄山"的壮举，打破了中国历代画家登临黄山的"纪录"。

他以黄山为题材创作的作品，包括速写、素描、册页、油画、国画，无论是数量和质量都是十分惊人的。以大自然为师，"搜尽奇峰打草稿"，不断攀登艺术创作的高峰，也成了这位艺术家心中永不止步的追求和信念。

1954年,刘海粟第六次登临黄山,在山上巧遇了另一位山水画大师李可染。当时,李可染正在进行自己绘画生涯中的一场"革新",就是以大自然为师,通过身临其境的真实写生,来改造和提升中国画的形式、内容以及笔墨运用技巧。

李可染曾是刘海粟的学生。对李可染在中国画创作上的探索精神和取得的成就,刘海粟十分欣赏。两个人常常结伴写生,互相切磋绘画技艺。后来,刘海粟在自己的黄山题材名画《黑虎松》上题写了这样一段话:"……1954年夏与可染同画黑虎松及西海,朝夕讨论,乐不可忘。今可染已自成风格,蔚然大家,松下忆之,匆匆三十四年矣。"

六上黄山之后,刘海粟给自己刻了一方画印:"昔日黄山是我师,今日我是黄山友"。他解释说,从师到友,反映了一个飞跃。"这不但说明我画黄山的过程,而且也说明黄山在我艺术道路中的重要。我和黄山从师生关系,变成了密友关系,我对黄山的感情越来越深了。"

1980年和1981年,已经80多岁的刘海粟,拄杖完成了七上黄山和八上黄山的壮举。这时候,他在绘画艺术上仍然孜孜不倦地探索着,用泼墨、泼彩风格,画出了黄山瑰丽的雄姿和气象。

1982年,刘海粟九上黄山,又创作了不少国画和油画新作。

虽然已是耄耋之年，但他艺心不老，画笔雄健，常常在画中戏题"年方八七"，表达了自己从不服老、永不止步的艺术心态。

1988年7月，92岁的刘海粟第十次登上黄山，实现了"十上黄山"的夙愿。这一次上黄山，他仍然兴致勃勃地四处写生，不辍画笔。"我爱黄山，画天都峰都画了好多年，它变之又变，一天变几十次，无穷的变化……我每次来，每次都有新的认识，有画不完的画。"他这样记下了美丽的黄山给他创作带来的启迪和影响。他还这样总结过："我十上黄山最得意的佳趣是：黄山之奇，奇在云崖里；黄山之险，险在松壑间；黄山之妙，妙在有无间；黄山之趣，趣在微雨里；黄山之瀑，瀑在飞溅处。"

这位老艺术家一生中"十上黄山"，所攀登的不仅仅是一座大自然的奇山，也是攀登到了他毕生所追求的绘画艺术的"天都峰"。天都峰是黄山三十六座大峰之一，西对莲花峰，东连钵盂峰，海拔1810米。古时候传说这里是"群仙所都"，即"天上的都会"，所以取名"天都峰"。天都峰高耸云天，气象巍峨，在黄山群峰中最为雄伟壮丽。天都峰似乎也象征着刘海粟先生在中国画艺术上达到的高峰。他"十上黄山"的壮举，也为后来的艺术家树立起向着艺术高峰和胜境不断攀登的风范。

《开国大典》的故事

※

"在自己作品上一笔下去几乎要负千年的责任。"

有一幅现代油画,新中国的开国领袖毛泽东主席看了后说:"我们的画,拿到国际间去,别人是比不过我们的,因为我们有独特的民族形式。"这幅名画,就是董希文创作的《开国大典》。

董希文说过这样一句话:"在自己作品上一笔下去几乎要负千年的责任。"他说的是他创作《开国大典》的真实感受。

1949年10月1日,年轻的董希文有幸参加了新中国开国大典。站在天安门城楼下的观礼台上,他亲身感受到了这气势磅礴的壮丽一幕,也萌发了用画笔描绘这个伟大的历史时刻的心愿。

1952年,董希文开始创作《开国大典》。这是萦绕在他心头两年多的一个宏大的创作构思。在反复征求了各方面的意见后,他开始动笔,画出了最初的草图。

这是一个巨大的历史题材，涉及的有名有姓的历史人物很多。他画的草稿上，每一个人物都是按照真人的速写而设计的。例如画中的张澜先生，他穿的长袍上的褶皱纹路也清晰可见。董希文绘制草图时，曾这样想过：这件袍子，一定是在前一天就熨平叠好、准备赴盛典时穿的，因此新熨的皱褶要依稀可见。

为了使城楼上的大红柱子有鲜明油亮的感觉，董希文改用软毛笔来画，因为硬鬃油画笔会在画布上留下一丝丝的细条条，而每丝细条都有一个暗影，远一点看，大红颜色就会有点灰。他把油色挤在吸油的马粪纸上吸干油，再掺进锯末、沙子来画地毯，就产生了与油光明亮的柱子不同的、只有地毯才会有的毛茸茸的质感。

他也用最硬的黑线来勾填汉白玉栏杆，以求坚硬的效果；他用中国花卉写意笔法来画黄白菊花，以便表现出傲霜的气概；他用狼毫笔画远处广场上的群众和红旗的海洋，使画面的色彩有条不紊而不是杂乱的一堆。

还有一个一般不会被人注意到的细节：与当年的实际场景不同的是，他特意省去了麦克风旁的一根红柱子，稍稍移动了一下站在天安门城楼上的领袖人物的位置，这样可以使画面更为疏朗和开阔。

董希文用了两个多月的时间，完成了这幅激情饱满的油画巨作。1953年9月27日,《人民日报》首次发表了《开国大典》。毛主席看了画后,以赞赏的口吻说:"是大国,是中国。"然后对董希文说了本文开头的那番话。

《开国大典》这幅画高2.33米,宽4米。但是谁也想不到,这幅大画竟是在董希文只有12平方米的宿舍兼画室里完成的。他创作时,画幅上接房顶、下贴地板,他一会儿爬上,一会儿趴下,白天黑夜不停地创作,这种刻苦和用心的态度,受到了徐悲鸿等艺术家们的赞赏。

1973年,未满60岁的董希文不幸离开了人世。他去世后,由数位画家一起,根据董希文的原画初稿,把画家在动荡的年代里修改过数次的《开国大典》,重新恢复了本来的面目——其实也是恢复了历史的本来面目。这也是对董希文当年说过的一句话最好的证明:"在自己作品上一笔下去几乎要负千年的责任。"如果画家地下有知,也该感到欣慰和心安了。

除了《开国大典》,董希文留下的名作还有《春到西藏》《哈萨克牧羊女》《百万雄师过大江》等。

铁马冰河的英雄史诗

※

真正的艺术是可以穿透汗漫的岁月而不朽的。

这是谱写在阔大的画布上的战争史诗和英雄史诗：浓重的油彩，崇高的主题，密集的细节，大气磅礴的写实风格，再现了那些风云际会的峥嵘岁月，刻画了战争年代里的英雄群像，傲岸不屈的民族性格，还有那激情燃烧的时代精神。

这也是进入了中国当代美术宝库的一些杰出的作品和经典的画卷。无论是表现硝烟弥漫的战争年代，描画不同时期的重大历史事件，还是以共和国领袖们为主人公的人物长卷，抑或再现新中国的建设成就和民族风情，抒写新中国的城乡新貌和如画江山，艺术家都以饱满的创作激情、非凡的绘画功力和细腻的艺术笔触，真实地传达出了那个年代里的血与火的奋斗、真善美的追求，以及共和国一代儿女们的满腔热情，对祖国的热爱，对生活的希望，对未来的憧憬和信念。同时，这一幅幅作品，也把属于画家个人的艺术创造力和艺术个性，表达得淋

漓尽致。

当历史的硝烟已经散去,中华人民共和国的开国领袖和第一代的英雄们都已经成为先驱和丰碑,矗立在了人们的心头;这些大气磅礴的史诗画卷,也经过了漫长的岁月的检验和裁定,渐渐成为美术史上无可争议的经典。

这时候,重新回望和打量这一代艺术家的人生和艺术足迹,我们将会记起一个创造了这一幅幅杰出和光辉的画卷的艺术家的名字:范迪宽。

范迪宽先生是新中国第一代著名的军旅画家之一。他从15岁起就投笔从戎,后来被部队送往四川美术学院深造。刚刚从硝烟中走过来的青年画家,沐浴着新生的中华人民共和国的和平的阳光,享受着久违了的艺术的甘露,开始了自己极为珍视的校园生活。

正是在这里,他受到俄罗斯及苏联现实主义美术创作的巨大影响。那时候,别洛夫的《送葬》和《三套车》,列宾的《伏尔加河纤夫》,希施金的散发着浓郁的俄罗斯大地气息的风景油画,还有列维坦的带有宏大叙事风格的《弗拉基米尔路》等作品,在青年范迪宽的心头产生了巨大的震动。俄罗斯现实主义绘画作品中表现出来的坚忍、博大、英勇、崇高的民族精神和艺术境界,为范迪宽日后的艺术追求,埋下了一颗颗金色的

种子。

不久,朝鲜战争爆发。像许多爱国激情熊熊燃烧的艺术家一样,范迪宽打起背包,背起画架,毫不犹豫地告别了阳光明媚的美术学院,在雄壮的志愿军军歌声中,两次跨过鸭绿江,奔赴到了硝烟弥漫的抗美援朝战场,成了一名出生入死的战地画家。

他所在的那支部队,是以上甘岭战役闻名于世的第15军44师130团。这是上甘岭战役中的英雄团。在朝鲜的战斗生涯,也是他一生引以为傲的一段军旅岁月。

数千年以来,人类文明史几乎就是一部战争与和平的交响诗。战争与和平,不但催生了世界文学长廊中最伟大的小说,也孕育了世界美术画廊中最厚重、最宏大的经典作品。尤其在第二次世界大战期间,苏联、美国等国,都诞生了一批在战火硝烟中,用手中的画笔记录历史的战地画家,创作出了无数充盈着爱国主义精神和英雄主义激情的传世之作。

范迪宽先生是中国军旅画家中少有的亲身参与过中原战役、淮海战役、渡江战役、进军大西南以及抗美援朝战争等多场重大战役的一位画家。他是军人中的艺术家。他一手握着钢枪,一手握着画笔,出没在枪林弹雨之中。他不仅是战火岁月的讲述者和艺术再现者,而且是直接的参与者、见证者。

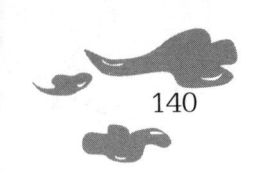

他亲身经历的那些宏大、壮烈的战争场面，以及中国军人英勇无畏、视死如归的精神力量，成为他一生从事军事题材创作的重要动力和资源。他的作品，以崇高的精神境界、纯净的艺术品位、凝重的表现风格和厚重的写实功底，展示了中国革命进程中一幅幅气势恢宏的历史画卷。

　　今天的青少年一代，对于20世纪的那场抗美援朝战争的了解，多半是通过著名军旅作家魏巍的那篇《谁是最可爱的人》，以及《英雄儿女》《上甘岭》《打击侵略者》和《长津湖》等电影。其实，在绘画领域，也有几幅曾经广为流传的作品，也像《谁是最可爱的人》《上甘岭》和《英雄儿女》一样，已经成为这个题材的经典之作。而且，它们都出自同一位画家之手。这就是范迪宽在抗美援朝战争期间创作的著名油画《炸不断的电话线》和《黄昏的山谷》，以及20世纪70年代创作的巨幅油画《英雄阵地上甘岭》。

　　这些作品，以极其写实的手法，捕捉和再现了抗美援朝战争中的那些感人的瞬间。作品里所张扬的革命英雄主义和浪漫主义精神，感染和鼓舞了无数的前线将士，也激励着生活在祖国后方的人民和读者。

　　上甘岭战役，早已作为一个惊心动魄、以少胜多的阵地战经典案例，进入了世界战争史册。这场战役的惨烈与悲壮，中国人民志愿军将士们惊天地、泣鬼神，所向披靡的大无畏精神，在范迪宽先生的巨幅油画《英雄阵地上甘岭》中，得到了充分表达与彰显。

范迪宽先生的夫人、画家李莉老师，给我谈过《英雄阵地上甘岭》的创作故事。她让我仔细看了这幅作品中的一些细节。例如，那位已经身负重伤，却正在艰难地冲出坑道加入战斗的战士；还有那位子弹已经打光，正在奋力抢起枪托砸向敌人的英雄的战士；还有那位一只手臂打着绷带，而用另一只手扣动着扳机，继续向侵略者射出仇恨的子弹的战士……气势恢宏的全景式画面，史诗般的宏大叙事，生动而细致的细节表现，极其逼真的现实主义技法，使这幅作品成为反映抗美援朝战争的经典作品。这幅画现藏于中国人民革命军事博物馆中。

真正的艺术是可以穿透汗漫的岁月而不朽的。《英雄阵地上甘岭》这幅作品，从它诞生那天起，就被打上了"不朽"的标记。纪念抗美援朝出国作战60周年之际，当人们点开中国的军事网站，映入眼帘的画作，大多是范迪宽的《英雄阵地上甘岭》。

《人民日报》曾经刊登过一幅范迪宽独自坐在上甘岭山顶上的老照片。珍贵的照片，见证了那一代艺术家真诚、坚实的艺术足迹和"梅花香自苦寒来"的创作甘苦。

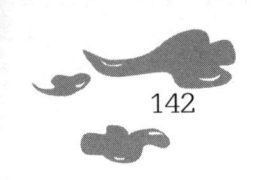

这张珍贵的照片的提供者、撰稿人是范迪宽当年的战友、广州军区离休老干部曾清泉先生，他曾对我说过：正因为亲身经历了血与火的锤炼，见证了无数的壮烈牺牲和排山倒海般的前仆后继，一位军旅画家胸中汹涌的万丈豪情，才化作了笔底的壮阔波澜。

伟大的风景默默无语。回望范迪宽先生所走过的人生道路和他非凡的艺术足迹，我们看到，他的脚步几乎穿越了中国革命历史的所有重大岁月，他的画笔再现了中国现代革命史上许多光辉的史篇。这是画家的光荣，也是艺术的光荣。虽然画家离开我们已有多年，但是我们仍然能够从这些经典的作品中，感受到他穿越岁月而直抵永恒和不朽的艺术之美与精神之光。

师者的风范

※

他为人谦逊、和蔼,同情弱者,总是怀着一副菩萨心肠。

北京潘家园文物市场上,曾有一个靠卖字为生的年轻人,专仿书画大师启功先生的字,几乎可以乱真。但如果你想要这个年轻人为新开张的店面写块匾什么的,年轻人就会立马沉下脸谢绝说:"我和启功先生有约法三章,一不题匾;二不题写书签……"人家问他:"你还真见过启先生?"年轻人说:"当然见过。""那启先生怎么说呢?""启先生说,我的字是假的,但并不劣。"

从这件逸事,可以想见出作为艺术大师的启功对待贫困弱者的君子之风和宽厚待人的菩萨心肠。

启功(1912—2005)是中国书画家、书画鉴定家、学者,被誉为"国学大师"。他是满族人,姓爱新觉罗,是真正的"皇族",系清朝雍正皇帝的九世孙。启功出生那年,正是中国推翻封建帝制、中华民国宣告成立之年。所以启功常说,他并非

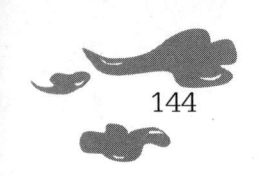

大清帝国的子民，从没享受过一天的荣华富贵，有什么好夸耀的呢？因此他从不愿使用"爱新觉罗"这个姓氏。启功成名后，有人给他写信，信封上写"爱新觉罗·启功收"，启功对这样的来信一般都是置之不理，后来实在不耐烦了，就在信封上写上："查无此人，请退回。"

启功很小的时候，父亲就病故了。12岁时，他进入小学读书，插班在四年级，两年后升入著名的汇文中学。读高中时，因为英语成绩不好，无法通过期末补考，就中途辍学回家了。辍学之后，他发愤自学，先后追随数位书画名师学习书法和绘画。

启功最早拜老画家贾羲民为师，学习书画鉴赏。启功每月月初跟随老画师去故宫看画展，每看一件作品，贾先生就为启功讲解相关鉴赏与鉴定方面的知识。后来经贾先生介绍，启功又转投名画家吴镜汀门下，学绘丹青。

启功是幸运的，他小小年纪，就不断地得到很多名师的指点。大书画家溥心畬、齐白石，也是对启功影响巨大的两位恩师。溥心畬不仅教启功学习书法和绘画，还指导他学习写诗。少年启功经常自己画上一个扇面，然后在旁边题上一首诗。溥心畬先生如果看了诗不错，就会高兴地给启功指点一番。

启功的一位远房叔祖与齐白石十分熟识，后来这位叔祖就把启功推荐给了齐白石。齐白石对启功聪颖的才智十分欣赏，有时启功几天没有来，他就禁不住要念叨："那个小孩儿怎么老没来？"在齐白石门下，启功的绘画技艺进步得很快。正是有了这些名师帮助他打下了扎实的"童子功"，启功后来在书法、绘画、国学、文献学、书画鉴定、古典文学教学等方面都有很高的造诣，赢得了诗、书、画"三绝"之称。

启功虽然是闻名遐迩、一字难求的艺术大师，但是他为人谦逊、和蔼，同情弱者，总是怀着一副菩萨心肠。前面说到的潘家园的那个年轻人的故事，就是一例。

他对一些虚头巴脑、虚张声势、沽名钓誉的做法，从来就不屑一顾。曾有一家电视台的栏目编导想请他做一期节目，并夸耀说，进入这个栏目的人，都是文化名人、艺术大师、学界巨擘……对此，启功无动于衷，只是淡淡说道："我不够你们的档次。"一句话，就把那些虚浮的东西关在了门外。

启功也是一位机智的幽默大师。有一次，他外出讲学时，听到会议主持人说："现在请启老做指示……"觉得这种"官腔"实在要不得，他就接着说道："指示不敢当。本人是满族，祖先活动在东北，属少数民族，历史上通称'胡人'。因此在下所讲，全是不折不扣的'胡言'……"

有一些半吊子书画家，书画水平本来就一般，又喜欢到处招摇，对此，启功常说：看一位书画家的水平究竟如何，最好的检验办法就是把他的作品"挂上",就好像检验一位京剧演员功力如何,最好的办法就是给他"扮上",他究竟够不够"角儿",一扮上就看出来了;是不是好书画家,一挂上也就看出来了。

有一次,启功在讲课时,曾有人递条子请教"执笔的方法"与书法优劣的关系。启功说:"以执笔方法论断书法优劣,是难以服人的。好比上街买包子,你只要看包子质量好不好,管那厨子是站着捏还是坐着捏,是五指捏还是四指捏的呢!那厨子出来说'有时站着,有时坐着,我是用左手三个指头捏的褶',那你还买不买?难道左手三个指头捏褶的包子立马就不香了?四指还是五指握笔管,都各自有些道理,但最终看的是作品水平。"因此,启功常自谦说自己握笔的方式是"猪爪式",意在讽刺那种舍本逐末、不注重字的优劣而只注重执笔方式的做法。

还有一次,有一个书画商人跑到启功家叩门拜访,想得到他一件墨宝。但这个书画商人信誉不佳,启老早就听闻过,就客气地走近门前,打开灯,隔着门问商人:"请问您来做什么?"商人说:"来看您。"启老贴近门窗,把身体不同方向一一展示给对方看了,然后说:"看完了,请回吧!"书画商人有些尴尬,吞吞吐吐地说:"我还给您带来一些礼物。"启老幽默地说道:"您到公园里看熊猫,还用带礼品吗?"

启功66岁那年,写过一篇幽默的《自撰墓志铭》,27年后,这篇带有自谦、自嘲和自勉色彩的墓志铭,果然刻在了他的墓碑上。全文如下:"中学生,副教授。博不精,专不透。名虽扬,实不够。高不成,低不就。瘫趋左,派曾右。面微圆,皮欠厚。妻已亡,并无后。丧犹新,病照旧。六十六,非不寿。八宝山,渐相凑。计平生,谥曰陋。身与名,一齐臭。"其中的"瘫趋左,派曾右"指的是他患过"左偏瘫"的疾病,也曾被错划为右派。

启功先生一生以教书为职业,是北京师范大学的一代名师。他身为艺术大师、国学大师,却一生生活简朴,常常一碗面条、几根黄瓜拌点炸酱,就是一顿饭。但他帮起他人来总是十分慷慨。1991年11月,启功的恩师、教育家陈垣诞生110周年的时候,启功在香港举行义卖展览,义卖所得163万元,全部捐给了北师大。启功还反复交代校方,决不能用他的名义,而是用恩师陈垣"励耘书屋"中的"励耘"二字,设立了一个"励耘奖学助学金",作为北师大贫困学生的奖学金。

从小学徒到大画家

几十年过去了,他画的这些作品大都已经成为"经典"。

车过浦东川沙镇,我看见一些小公园和白色院墙里的桃花,似乎比别的地方盛开得更早,也更鲜艳,而且有点似曾相识。猛然想到,我是在一些画里,见过这伸出院墙的灼灼花枝。

原来,我是来到画家杨永青的老家了。

杨永青先生,1927年出生在上海浦东川沙县凌家圈村。15岁时,他离开老家,到上海一家名叫"韦古斋"的裱画店里学习裱画。

在韦古斋里,他认识了一位年轻的画师巢枝秋先生。巢枝秋领着这位勤奋好学的小学徒,去戈登路的一条弄堂里,拜见了自己的老师、当时在上海首屈一指的人物画家,也是"长虹画社"的当家人谢闲鸥先生。谢先生宅心仁厚,高兴地收下了这个聪颖质朴的浦东少年做学生。从此,杨永青正式开始跟着谢先生学画人物画，也时常跟着巢枝秋先生去听戏。

1944年，17岁的杨永青画的一幅国画被收入了《长虹画社画扇集》。但那时候学画归学画，毕竟不能挣钱补贴家用。不久，他又进入上海一家"大公木行"当了学徒。这段和各种木料打交道的日子，与他以后学木刻版画也不无因果关系。

新中国成立后的第三年，青年杨永青凭着自己画的两套连环画《女拖拉机手》和《科尔沁草原的人们》（根据著名作家玛拉沁夫同名小说改编），进入了当时的华东青年出版社，开始了他的美术编辑职业生涯。当时正是抗美援朝战争时期，他把自己画的一套连环画《女拖拉机手》所得的200元稿酬的一半，捐献了出来，支援国家去购买飞机大炮。当时，国家对公职人员统一实行"供给制"，他每月津贴只有15元，200元可不是一笔小数目呢。剩下的100元，他寄给了含辛茹苦培养他的父亲，而他的父亲又用其中的大半，接济了老家的贫困乡亲。

1953年，杨永青从上海调到北京，先后进入中国青年出版社、中国少年儿童出版社担任美术编辑。因为他的绘画"童子功"打得扎实，又勤于创作，练就了一身的技艺，连环画、版画、中国画、书籍插图、书装设计，白描、工笔、水墨、写意、重彩，真是无所不能。

初到北京那年,全国儿童文艺作品评奖,他为张天翼童话《大灰狼》画的插图,就和大画家刘继卣的《鸡毛信》被并列评为美术一等奖。在以后的岁月里,他为《萧也牧作品选》、傣族叙事长诗《葫芦信》、胡奇的小说《五彩路》等不同年代的200多种图书画过插图,创作了《王二小的故事》《神笔马良》《刘文学》《刘胡兰》《高玉宝》等20多种家喻户晓的彩色连环画,还有一系列中国民间故事的彩色图画书。这些作品,当年也都曾以多种文字版本在海外发行过。几十年过去了,他画的这些作品大都已经成为"经典",也成为收藏家们热心搜求的珍品。

他创作的木刻版画作品也有上百幅,最有名的如《高小毕业生》《前哨》等,被收入了《中国新兴版画五十年选集》等多种美术文献选集。

20世纪70年代末期,他开始画《红娘子》,并在1979年正式出版。从此,他耗费心力最多的就是自己专长的传统人物画线描。这方面的代表作有《屈原九歌长卷》和上百幅美轮美奂的《观音造像》。

我认识杨永青先生时,已经是在他退休之后了。这时候他除了画精细的白描风格的观音造像,画得最多的就是大写意牡丹。他在给我的一封信上这样说过:"有人能喜欢我的写意画,很高兴，此类画不易进步，画来画去老样子……我已二十多年不刻木刻了，在老友的鼓励下试了试刀，刻了两幅小品，寄上留念……"

这时他已经近80岁了。他刻的木刻，一幅是两个头上、身上戴着银饰的西南少数民族小女孩，一幅是北方鄂伦春族的戴着虎头帽的小猎手。在我看来，这两幅木刻画真是"大家刀功"，人物和服饰的刻画细致入微，纯美绝伦。

这位老画家视我为"小友"，每次写信来，都是用毛笔直书的小行楷，秀雅古朴，令我爱不释手。他先后送给我两幅大写意牡丹，还特意为我画过一幅他想象中的、我的童年生活的国画，画的是一位美丽的女教师带着我走在上学路上的情景。

有一年，天津的《每日新报》约我写一篇童年暑假生活的回忆散文，还要求最好选配一幅插图。我就选了杨永青先生为我画的《童年》。不过，画上的那个乡村少年是那么天真快乐，杨老师并不知道，我的童年生活其实是清苦和黯淡的，哪有这么快乐和美好。

杨老师生前送给我的最后一部书，是用宣纸精印的线描《观音造像集》（限量版）。他在扉页上题了字，盖了印。这部画册，被我视为我书房里的"珍宝"之一。

2011年6月15日,杨永青先生因心肌梗死在北京逝世,享年84岁。宽厚、温暖的大地母亲啊,愿在您的怀抱里,永安着这位善良的老画家纯净的灵魂。

画布上的泪滴

红虾
祈求的手
画布上的泪滴
神秘的《蒙娜丽莎》
孟特枫丹的甜美回忆
舞蹈课和苦艾酒
素馨花和樱桃树的芬芳
歌德与绘画
最珍贵的画箱
马里耶的小木屋

红　虾

＊

"当风雪降临到世界的时候，所有的穷人都是困苦的。"

这是1886年冬天，一个最寒冷的黄昏。贫穷的荷兰画家凡·高，因为付不出房租，被迫冒着刺骨的风雪，来到了一家廉价的小画铺门前，几乎是央求着老板开了门，希望老板能购买一幅他刚刚完成的静物画。

是的，这个年轻的、还未成名的画家，他实在是太贫穷了！他一个人流落在异乡，身边既无亲人也无朋友。虽然他每天都要从事14至16个小时的绘画工作，但是他的画却一张也卖不出去。他因此而受尽了人世的歧视与冷遇。他在寒冷的冬夜里，紧紧地裹着一条旧毛毯，给远方最亲爱的弟弟提奥写信说："我是多么希望能有个小小的、安定的栖身之所啊！实际上，这是我绘画唯一的必备条件。如果能有一份足够使我能在画室里不受任何困扰，可以画一辈子画的工资，我就觉得自己很幸福了。"

可是实际上呢，他连这么一点小小的希求都达不到。他在

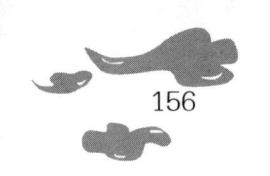

另一封信上诉说道:"这几天,我过得很不愉快。星期四我的钱已花光了,几天里,我靠几杯咖啡加一点点面包为生,面包钱还是欠人家的。今晚下肚的只是一块面包皮了……然而,创作却深深地吸引着我,我像苦力一样画着我的油画……"

生活是这样的不公平,青年画家又是如此的贫困无助!他知道,这个冬天,如果再卖不出一张画,那么,他只有被赶出旅店而露宿在风雪街头了。

还算幸运,小画铺的老板勉强购买下了他的那幅静物画,给了他5个法郎。对于凡·高来说,这算是最大的恩宠了。他紧紧地攥着这5个法郎,赶忙离开了小画铺。

可是,就在风雪交加的归途中,他忽然看见一个衣衫褴褛的小女孩刚从一座教堂里走出来。小女孩很美丽,不过,从她那一双可怜的、孤苦无助的眼睛里,画家一下子就看出来了,她也正处在饥寒交迫之中。

"可怜的孩子!"凡·高用忧郁的目光注视着这个正在有所哀求的小女孩,喃喃地说道:"没有错,当风雪降临到世界的时候,所有的穷人都是困苦的,可是那些富人是不会懂得这些事的。"

这样想着的时候,他完全忘记了,房东此时正守在他的住处,等着他回去交房租呢!他几乎是毫不犹豫地把自己刚刚拿到手的5个法郎，全部送给了这个素不相识的、可怜的小女孩。他甚至还觉得，自己所能给予这个小女孩的帮助，实在是太微不足道、太无济于事了。于是，他满脸惭愧地、逃也似的离开了小女孩，消失在了冬夜里凛冽的风雪之中……

仅仅过了4年，文森特·凡·高，这位尝尽了世间冷暖炎凉和孤独贫困的艺术家，就凄惨地辞别了人世。这位可怜的、天才的画家，仅仅活了37岁。

凡·高生前，他的绘画成就始终没有得到世人的承认。可是当他死后，他留下的作品却成了全世界的人们仰之弥高、光彩夺目的珍品。有谁能想到，他在辞世前一年画的那幅当时无人问津的《鸢尾花》，在他死后还不到100年的时候，售价竟达到了5390万美元！

更没有人会想到，1886年冬天的那个黄昏，他那幅仅仅卖了5个法郎的静物画，若干年后，在巴黎的一家拍卖行的第九号画廊里展出，有人出价数千法郎购下了它！在这幅小小的静物画上，画家画的是几只诱人的红虾……

多么美丽的红虾啊！这位世界画坛上的"奥林匹斯山的巨神"，透过这小小的红虾，抒发了他那深沉的仁爱之情，表达了他崇高和善良的、艺术家的良心。

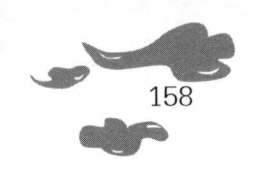

祈求的手

※

丢勒把自己的一颗感恩的心,融化在了动人心弦的画面里。

阿尔布雷特·丢勒是生活在15世纪的画家。1471年,他出生在纽伦堡附近的一个小村子里。丢勒童年时,家里有18个孩子。他的父亲是一个辛苦的金银打造匠人,为了糊口,每天都要在作坊里劳作十几个小时,有时也出去给邻居们打打零工。

家境虽然如此窘迫,生活虽然如此贫困,可是丢勒从小就怀有一个美丽的梦想,想当一名艺术家。有意思的是,他的一个兄长艾伯特,也怀有同样的梦想。不过兄弟俩都很明白,家里根本出不起学费,也不可能把他们中的任何一个送到纽伦堡正规的艺术学院里去学习。

兄弟俩于是达成了一个"协议",并且用掷硬币的方式来决出输赢:谁输了,谁就要到附近的矿区去做4年矿工,用他的收入供给赢了的兄弟到纽伦堡去学习4年绘画;学习绘画的兄弟,以后要用他卖作品的收入,反过来支持做矿工的兄弟再去上学。当然，如果作品卖不出去，也有必要去矿区做工挣钱。

这是一个近乎残酷的选择方式。在一个星期日做完礼拜后，兄弟俩郑重地掷出了钱币。结果，丢勒赢了。他离开家到纽伦堡去学习艺术，而艾伯特则去了矿井挣钱。

在艺术学院里，丢勒十分发奋、用功，比别的学生付出了更多的努力。也许是命运女神也被这兄弟俩无奈的选择所感动，因此对他特别眷顾，有意要帮助他。很快，他就引起了人们的关注。

从这时起，以及在他后来的艺术生涯里，他在铜版画、木刻、肖像画、钢笔和铜笔素描、水彩画、木炭画等门类里，都取得了骄人的进步，甚至远远超过了他当年的教授们。人们说，这个心地善良、带着哥特式忧郁气质的青年画家，他的作品不仅真实地记录了历史，也讲述了他自己所生活的时代。而且他用自己毕生的努力，几乎是独自一人将现代文化引进了德国，亲手揭开了德国文艺复兴的帷幕……

4年的时间一晃就过去了，当丢勒临近毕业的时候，他的绘画作品，已经可以卖到相当不错的价格了。

丢勒毕业后回到了自己的村子里。全家人聚在草地上会餐，祝贺他的毕业。丢勒端起酒杯，起身向他亲爱的兄长艾伯特敬酒。他眼睛里噙着泪水说："现在，艾伯特，到了该倒过来了

的时候了,你可以去纽伦堡实现你的美梦,而我,应该开始支持你了。"全家人都把期盼的目光转向艾伯特。

这时候,大颗大颗的泪水从艾伯特苍白的脸颊流下。他连连摇着头,呜咽着说:"不……不……好兄弟,我不能去纽伦堡了,这对我来说,已经太迟了!你看……看一看4年来的矿工生活,使我的手发生了多大的变化!每根指骨都至少遭到一次骨折!而且近来我的右手还患上了严重的关节炎,我甚至不能握住酒杯来回敬你的好意了,更不要说握着画笔在羊皮纸和画布上画线条了。不,亲爱的兄弟,对我来说,已经太迟了……"

许多年后,为了报答艾伯特所做的牺牲,阿尔布雷特·丢勒饱蘸着自己的眼泪和心血,深情地画下了兄长的这双历尽艰辛和磨难的、几乎已经变形的手。我们看到,那细长的手指正在用力地伸向天空,仿佛想要去采摘和拥抱曾经有过的美好的梦想……

丢勒把自己的一颗感恩的心,融化在了动人心弦的画面里。当时,他只是简单地把这幅作品命名为《手》。可是,当这幅画展现在世人面前时,每一位观众都被这幅画深深地感动了。他们为这幅不朽的作品重新命名为《祈求的手》。

画布上的泪滴

※

为了神圣和庄严的艺术,米勒在乡间忠恳而辛勤地劳作着。

当画家米勒还很小的时候,就有人对他说:"我的孩子,你有一颗会带给你许多苦恼的心,你不知道你将来会受多大的苦呀!"

米勒后来的人生经历,果然被这个人言中了,他成了一位拥有《扶锄的人》《拾穗者》《播种》《晚钟》和《牧羊女》等不朽作品的桂冠画家,同时也是巴比松那片寒冷的土地上人人皆知的农夫的儿子、贫穷的子孙和终生与苦难为伴的艺术家。

那是一个黄昏,来自外省的穷困潦倒的青年画家米勒,孤独地走在巴黎冬天的街头。他走过一个明亮的陈列橱窗时,忽然听到两个青年站在那里说话的声音。他们一面看着陈列在橱窗里的用彩色粉笔画的少女裸体画像,一边谈论着:

"这画糟透了,简直令人厌恶。"

"是啊,米勒的画嘛!他是个除了裸体女子,其他什么也画不出来的人！"

过路的米勒听到这些，脸颊不由得红了起来，感到头晕目眩。当时的巴黎，有一种怪现象，只有画女人裸体画可以换几个钱去买面包，而许多认真创作出来的严肃作品却无人问津，更无人赏识。谁要想成为一名真正的画家，那就准备着去做一个讨饭的穷光蛋吧！

米勒亲耳听到了观众对他的评论，心里再也平静不下来了。一回到家里，他就对妻子说："你也受够了苦，但只有再请你忍耐些，我决定今后不再画裸体画了，即使生活将会变得更为困苦。"

他心情激动，脸色苍白。比任何人都要理解自己画家丈夫的妻子连忙回答说："一点也不要紧，我并不以为这就是困苦。你为你所确信的美好世界去努力吧！"

"谢谢你。"米勒感动了。过了一会儿，他平静地谈出了自己的打算："我已经厌恶巴黎了。我想回到农村，住到农民中间去。"

就在这一瞬间，米勒的眼前闪过了他在巴黎的全部日子。他22岁时从偏僻的农村来到了日夜向往的大都会。他是一文不名地来到这儿，梦想着寻找到自己金色的前程。他经受了城市人的无数的白眼、嘲弄和轻蔑。画女人裸体画虽不值得，但总还可以换几个面包充饥，而自以为认真创作出来的画作，却一幅也卖不出去。他要求参加展览，更是常常遭到毫无道理的拒绝。他长期陷入贫困、绝望、屈辱的深渊里不能自拔。

曾有一个寒冷的夜晚，有位朋友从美术馆长那里拿到一些钱，半夜时分就赶到米勒家去敲门，敲了半天一点动静也没有。那位朋友疑惑地推开了门，进去一看，只见工作室的角落里有只箱子，米勒就用破破烂烂的大衣裹着身子，蜷缩在那上面瑟瑟发抖。暖炉里不见一根柴火，整个屋子里一片面包也没有。

朋友惊讶地问："你是怎么生活的呀？"

"我们两天都没有吃东西了。"他说，"然而让孩子们挨饿是不忍心的，剩下的面包屑全给他们了。"

朋友当即给了点钱，米勒十分感激。他为了买活命的面包和木柴，冒着寒冷的风雪立刻走到外面去了……

如今，为了真正严肃的艺术，也为了心灵的欢愉和生命的价值，米勒终于做出了决定：选择也许比在巴黎更加艰难、更加饥寒交迫的道路，回到巴比松乡村去！

在巴比松，米勒像那些真正的扶锄的农人一样，一边从事繁重的耕作劳动，补助生活，一边又从事着他艰苦的艺术劳动。令人意外的是，在巴比松的厚土上，米勒的身体和精神比在巴黎时都渐渐健康和旺盛起来。他用饱蘸深情的画笔，画他所接触和熟悉的农民,歌颂他们的劳动、爱情和淳朴善良的性格,同时也毫不保留地揭露剥削制度的残酷,暴露农村的种种不幸,在沉郁凝重的艺术追求中透出自己强烈的爱与憎恨。他说:"我生来是一个农夫,我愿意到死也是一个农夫。我要尽力描绘我所感受到的东西。"他的《簸谷的人》《拾穗者》《牧羊女》《晚钟》《死神与樵夫》等作品都诞生在巴比松赭色的原野之上。

"你坐在树下,感觉到可能享受到的全部安乐和平静。"他像一个真正的农民一样,在家乡的村庄里生活着、观察着和感受着。他的目光又是一位伟大的艺术家的目光。他写道:"突然,你看到几个穷人背着柴,从一条小径中费力地走出来……"

他感到,这些沉重的柴火仿佛是人世的苦难,背在那些微贱的农人的背上,同时也压在他这个农民之子的心灵上。他无力拯救他们。他唯一能够做到的,就是和他们一起去承受这生活的苦难与艰辛。他甚至觉得,如果他一直待在巴黎,迷恋巴黎客厅里的那种艺术,那么,他也许再也无法看到眼前田野上的凄凉景象以及冬天里的树木、拾穗的农妇,还有炊烟袅袅的忧郁的天空……而所有这些景象,都常常使他感动得热泪滚滚,心里无时不充满着深深的祈祷。

"艺术不是消遣,"他说,"那是一种抗争!车轮的错乱滚动,人在其中被碾得粉碎。"为了神圣和庄严的艺术,米勒在乡间忠恳而辛勤地劳作着。用他的朋友卢梭的话说,他像一棵开花结果太多的树一样消耗着自己。他在他的画布上无限深情地歌唱着那些朴实的劳动者:种土豆的人、纺织女工、采石工、牧羊女、扶锄的农夫、伐木者、剪羊毛的人、耙地的女人等。他认定,所有这些人的劳动,都显示了人类真正的尊严和最真实的诗情,这些劳动者的崇高和伟大是无与伦比的。他的同情与激动的泪水,滴在他阔大的画布上,使他画布上的每一种颜色都带着忧郁的色调。

只有真正的艺术,才经得起岁月长河的淘洗。米勒活着的时候,他的画并未得到太多的赞美,相反,巴黎的艺术界给予他更多的是挖苦和嘲弄。但随着岁月的流逝,米勒的作品却越来越显示出了它强烈的现实力量和强大的艺术生命力。他的画幅里展示出来的,不仅仅是一种宁静纯朴的乡土之美,而且是更深沉更广阔的、整个人类的恋歌与乡愁。巴比松苍凉而厚实的大地,以及大地上的劳动者,牵动着一代代人的乡土情思和还乡之梦。

神秘的《蒙娜丽莎》

*

画中的每一个细节上所达到的精确程度是无与伦比和登峰造极的。

很多人都知道意大利画家达·芬奇小时候画鸡蛋的故事。

达·芬奇小时候特别喜欢画画，少年时期父亲把他送到了当时欧洲的艺术中心佛罗伦萨，拜著名画家和雕塑家韦罗基奥为师，正式开始学习绘画。韦罗基奥是位非常严格的老师。上课的第一天，他就让达·芬奇画鸡蛋，横着画，竖着画，正着画，反着画，画个没完。

小达·芬奇画了一天又一天，心里厌倦透了！他想，天天画鸡蛋有什么用呢？能提高绘画技巧吗？于是，他就向老师提出了疑问。韦罗基奥告诉他说："要想成为一位杰出的画家，必须有扎实的基本功，画鸡蛋就是锻炼你的基本功啊！你如果仔细观察，1000个鸡蛋中，没有两个蛋是完全一样的；就是同一个鸡蛋，只要从不同的角度去看它，它的形态也是不一样的。优秀的画家必须具有精准的观察能力，能发现每个蛋之间微小的差别……"

小达·芬奇听了,恍然大悟,就每天专心地、认真地继续画鸡蛋。他画鸡蛋用的草稿纸,几乎堆成了一座小山。3年后,他握着画笔的手好像有了一种神奇的感觉,想画什么就能画什么,而且画什么就像什么了。很快,他的绘画水平就超过了自己的老师,终于成为了一位伟大的艺术家。

达·芬奇是一位艺术大师,也是一位科学巨人。他出生在1452年,他所生活的时代,正是思想家恩格斯说的"一个需要巨人而且产生了巨人——在思维能力、热情和性格方面,在多才多艺和学识渊博方面的巨人的时代"。作为绘画大师,他给人类留下了《蒙娜丽莎》《最后的晚餐》《岩间圣母》《安吉里亚之战》《三王朝拜》等许多幅杰作,这些作品为每一个时代的人们所激赏。他的绘画理论和美学观念,他对完美的古典主义艺术的追求与探索,极大地影响了16世纪以及后来的各个世纪的绘画观。

西方有"说不尽的莎士比亚"一说。其实,《蒙娜丽莎》也是说不尽的。数百年来围绕着这幅画所发出的种种探索、追寻、猜测、演绎,以及致敬的文字,真是难计其数,几乎成为莎士比亚之外的另一门"莎学"。

画面上,蒙娜丽莎优雅而娴静地侧坐在阳台上,柔美纤秀

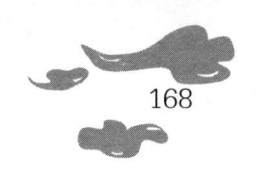

的双手交叠放在胸前。她的优雅而安闲的右手，被人誉为世界上最美丽的女性之手。她的眼睛和嘴角上露出一丝若有若无的微笑——似乎是微笑刚开始的那一瞬间，又像是微笑将结束的一刹那。她的目光脉脉含情，薄如蝉翼的透明面纱难遮她那妩媚的笑意。为了展现出人物细微的心理状态，达·芬奇突破了基督教禁欲主义所谓腹部以下乃情欲所在，因而女性肖像不能画到腹部以下的清规戒律，完整地画出了她的胸部和腹部，显示了一种青春洋溢的女性之美。艺术批评家和画家瓦萨里甚至觉得，细看蒙娜丽莎脖子下面的凹处，"仿佛可以看到血脉的搏动"。

达·芬奇在《绘画论》中曾说，要画肖像，你必须有一间具有特别设备的画室：一个长方形的院子，最好是10米宽、20米长，墙壁刷成黑色，突出的屋檐盖住一部分，还有一个遮阳布篷可以随需要而舒卷。黄昏时候，或浮云多雾的天气下，才卷起布篷画画。此时的光是最美满的。他在佛罗伦萨的寓所就有这样一个画肖像用的院子。他的房东是佛罗伦萨一家高贵的上层人士。达·芬奇在这里历经四个春秋，才完成了《蒙娜丽莎》。

让我们继续仔细地观赏这幅画。在衣饰上，达·芬奇似乎有意舍弃了一切华丽的装饰，只对胸襟和衣袖的皱褶做了极其精细的描绘。流畅逼真的衣服纹路，呈现出软缎的轻柔光亮的质感。据说，当时的审美风尚是女子喜欢宽额，经常将眉毛修淡或干脆刮去。所以达·芬奇没有给蒙娜丽莎画眉毛。这又使得这幅肖像画有了一种大理石雕塑的意味。

达·芬奇在这幅画中的每一个细节上所达到的精确程度是无与伦比和登峰造极的。衣服的微小皱纹，围绕着雪白胸膛的黑色花边，更不用说那若有若无的一抹笑意，都被表现得如此清晰和逼真。在蒙娜丽莎的脸部、胸部和手部，他使用了自己特有的一种"明暗转移法"，薄暗的光，映在蒙娜丽莎脸上和手上，仿佛一层黄昏时的光影，一种柔和而温暖的调子。在背景处理上，他用左右两边隐约可以看出圆柱的基础和石栏，把近景和远景区分开来，并用一种"空气透视法"，将远景推向深远处。她身后的那些古老的岩石，蓝色的钟乳般的山峰，以及在岩石中间蜿蜒而去的河流……都笼罩在模糊的薄雾里，使人想到那个必将渐渐变得遥远的苍茫的中世纪……

达·芬奇想突出的是"人"。他认为人是最神圣的，人体是自然界中最美的形象。他不仅要画出人的精神的解放与胜利，而且还曾反复地测量论证人体各部分之间的比例，使人体呈现出最为和谐和最精确的美。他称之为"神圣的比例"。他坚信，"谁不尊重生命，谁就不配享有生命"。他用蒙娜丽莎的眼睛和嘴角边闪露出的那丝脉脉含情的微笑——一个真实的女性的发自心灵的微笑，宣告着人与生命的美丽与尊严，同时也在呼唤着整个人性的彻底的觉醒与归来。

关于《蒙娜丽莎》的人物原型，几个世纪以来，历史学家、艺术史家和艺术爱好者们一直争论不休。最普遍的说法是，画中的女子是当时佛罗伦萨的一个商人的妻子，画家画她时，她只有24岁。为了画出她那一丝迷人的微笑，据说达·芬奇曾想尽办法，甚至请人在她旁边唱歌、演奏、讲笑话。画家自己也曾为她讲笑话，逗她高兴，以期使她长期保持一种发自内心的愉快。也有一说，因为画家和她长期接触，彼此之间有了感情，达·芬奇深深地爱上了她。

另有人说，她是达·芬奇的母亲。还有人甚至认为她其实是达·芬奇本人的女性形象自画像，因为从蒙娜丽莎的脸上可以看到达·芬奇本人的影子。据最新的一个研究结果说，蒙娜丽莎确是达·芬奇一个商人朋友家的善良的家庭主妇。

除了人物原型，在过去数十年里，科学家和历史学家也一直在研究诞生在500多年前的这幅《蒙娜丽莎》，试图解开蒙娜丽莎那"神秘的微笑"背后的秘密。美国画家雅克·弗兰克曾经认为，几乎没有人能寻求到解释达·芬奇绘制此画时所用的手法。因此，他一直试图揭开这个谜底。经过长期研究后，他认为自己终于找到了答案。他认为,从技术角度讲,《蒙娜丽莎》对所有理解都提出了挑战。为此,画家创造了"晕涂法"这个词语,用于描述"没有线条和边界,就像烟雾一般"的绘画技术。"晕涂法"一词是从意大利语"混合"和"烟"演变而来的。然而,尽管达·芬奇在别的许多作品和发明上都有不可思议的注释,却从来没有真正解释过他是如何取得"晕涂法"效果的。这种效果使《蒙娜丽莎》这幅画几乎具有三维效果。弗兰克说:"'晕涂法'的基本问题是如何让阴影和线条以难以觉察的方式连在一起。"一种解释是,达·芬奇可能用食指和拇指将色彩之间的线条弄平,但弗兰克认为这种解释过于简单、过于拙劣。

还有一位法国的卢浮宫专家,在一本新书里披露了在《蒙娜丽莎》下面发现的一幅草图的痕迹。尽管此前有许多专家试图"重造"蒙娜丽莎的眼睛,但弗兰克希望能证明达·芬奇首次在草图上画《蒙娜丽莎》的过程。为此,弗兰克将一种冲淡的半透明油质液体倒在上面,使线条变得柔和起来,然后用细刷仔细润色画中细节,最后再倒上另一种稀的液体。弗兰克认为,蒙娜丽莎面部一些区域可能有 30 层厚,尽管漆层已经非常稀薄。弗兰克最后说:"《蒙娜丽莎》一画中存在超乎寻常的一致性,这表明达·芬奇可能用时多年才完成这幅传奇名作。"

《蒙娜丽莎》诞生已经 500 多年了。她已经成为全世界范围内最为人们所熟知的艺术形象之一。《蒙娜丽莎》只能是出自真正的天才之手的神妙杰作。如今，每一个去巴黎的人，无不以进入卢浮宫一瞻《蒙娜丽莎》的芳容为荣幸。

孟特枫丹的甜美回忆

---*---

柯罗是一位善于用抒情诗般的想象力去观察、体验和表现大自然的大师。

1875年早春时节,柯罗在巴黎去世。这位终生未婚,毕生拥抱着大自然和绘画艺术的抒情大师,直到生命将尽,手里仍握着他曼妙的画笔。

柯罗死后,艺术史上一直流传着这样一个带有励志意义的小故事:一个青年画家,拿着自己的一幅作品来向柯罗请教。柯罗诚恳地指出了几处他不满意的地方。"谢谢您!"青年画家说,"明天,我会全部修改好的。"可是,柯罗立刻就问道:"为什么一定要到明天呢?你想想,要是你今晚就死了呢?"

这个小故事在提醒我们每一个人,应该像柯罗那样珍惜时间,不要纵容和浪费掉生命里的每一天。

画家柯罗曾说:"我是一只在蓝色云空中歌唱的百灵鸟,我的声音永远属于他和你。"我们似乎可以这样来理解,他所说的"他",就是他无限迷恋和热爱的大自然。"艺术,是爱,而不是恨。"他说，"艺术家要怀着一颗诚实的心，观察、劳动，不断地工作，别怕人们议论，要勇往直前，不要有所顾虑，画你所看到的，哪怕一无所获，也不要做别人的回声。"

柯罗以这样的原则生活着，也用这样的姿态来对待艺术。他的风景画，不仅尽显了真实的自然之美、田园之美，同时也荡漾着他心中的带有理想主义色彩的浪漫情绪。

19世纪60年代，在巴黎郊外的巴比松村，众多年轻的、激情充沛的画家，常常在枫丹白露森林里和外光下从事风景创作。米勒、柯罗等画家都是其中重要的成员。

柯罗是印象派出现之前法国最杰出的风景画家之一。他一生躬行融入自然，对景写生。他认为，绘画艺术就是当你描绘风景时，先找到形，然后找到色，使色度之间很好地联系起来，这就叫作"色彩"，同时也就是"现实"；但这一切又要服从于你的感情。这几句话，也许就是柯罗的像抒情诗一样富有感染力的风景画的全部秘密所在。

柯罗的心灵是柔和与细腻的。他是一位善于用抒情诗般的想象力去观察、体验和表现大自然的大师。他耐心而细腻地去研究大自然的美，歌唱大自然的美，他的作品展现了大自然无限温柔与静谧的境界，充满了甜美和伤感的抒情性。柯罗终生未娶，他说："大自然是我唯一的情人，我一生只对她忠诚，永不变心。"他在绘画中特别强调外光的因素,他认为光能创造生命。他的这个观念给后来的印象主义画家很大的启示。

他独创了一种在未干的油彩底色上描绘物象的新技巧,使物形的边线和远景相融合,使森林树丛的枝叶仿佛细雾一样,逐渐弥漫,从而产生出一种恍惚朦胧的效果。那是一种淡淡的、带点伤感似的诗意的美,传达着一些难以言传的忧伤情绪。他的画没有强烈对比的色块或苍劲峭拔的笔触。他喜欢柔和幽雅的银灰色或橄榄色和褐色的调子。这类色彩具有宁静感,能把温和的阳光和弥漫的晨雾呈现得更富诗意。

《孟特枫丹的回忆》是柯罗风景画中最感人的一幅,也是他的代表作之一。孟特枫丹在巴黎北郊的桑利斯附近,这里风景安恬,湖泊纯净,森林如画。柯罗在这里生活过一段时间,记忆里保存着多少甜美与芬芳,总也难忘。黎明时分的湖畔,有淡淡的白雾在飘荡,空气湿润而清朗。清闲的林地与湖面的水汽,给人一种温暖湿润的感觉。一棵巨大而秀美的树,与另一棵干枯的树遥相呼应,两棵树朝着一个方向倾斜着,仿佛互相之间正有所牵挂。两棵绿意浓郁的树,就像多情的舞蹈家,随着柔和的风的吹拂而翩翩起舞。这是生命与美的舞姿和律动。透过倾斜的树干,可以看到清澈的湖面、起伏的山峦和丛林的影子。树下面,一个身穿红色衣裙的女子,正在仰着头用双手采摘树上的菌子。她的身边,有两个小女孩在帮她一起捡拾和采摘。围绕着这株小枯树的三个人是那么惬意与恬静,她们不是风景画中的点缀,而是投入到了大自然母亲怀抱中的儿女。整个画面上的景物并不繁复,却充满流畅的节奏感和抒情性。从那些纤细、柔弱的树枝上,仿佛能听见瑟瑟的风声和树叶起舞的声音。这声音和律动里又含着一种回忆的伤感和怀念的甜蜜。

《孟特枫丹的回忆》是一幅画,又是一首诗,给人如梦似幻的感觉,令人想起自己记忆深处的那些曾经错过的和离别的地方。或者说,柯罗的画里有一种乡愁让我们伤感,有一种古典式的罗曼蒂克让我们激动不已。他笔下的风景是经过了他柔和的心的过滤,是被他"神圣化"了的一种梦想与回忆之境。

柯罗的另一幅风景画代表作是《林中仙女之舞》。这幅画取材于希腊神话里的森林仙女与山林之神潘在林子里欢乐嬉闹的故事。苍郁的树林、轻纱般的薄雾、曙光初现的天空、清新碧绿的草地上,美丽快活的林中仙女正缠着喝多了葡萄酒的潘,要一起跳舞唱歌。她们有的在相互追逐,似能听见朗朗的欢笑声。据说,柯罗对朝雾、朝阳情有独钟,几乎不曾画过正午时分的阳光和景物。他喜欢早晨的朗润与清新。他的风景画里充满了这种黎明时分的朗润与恬淡,以及晨雾缭绕、如梦似幻般的意境。

除了这些杰出的风景画，柯罗的肖像画也都很美丽。在画人的时候，柯罗遵循的是在他风景画中所特有的同一个美学原则：追求诚挚、纯洁和诗意。

舞蹈课和苦艾酒

———— ✳ ————

绘画才是德加的一切,是他最后和唯一的爱情。

埃德加·德加是舞影烂漫中的抒情诗人。他曾经这样期许自己:我想要光芒四射,同时又保持神秘。

1870年,德加为他的一位音乐界朋友、巴松管乐师德西勒·迪欧画了一幅正在乐团演奏时的画像。在画面上缘的彩绘布景衬托下,有一群芭蕾舞女演员正在翩翩起舞。这是芭蕾舞演员的舞姿第一次在德加作品里出现。此后,他的画里就常常舞影翩翩。

"就像某些圣母像化了妆,穿着连衣裙;就像布尔格斯市大教堂的耶稣,使用真的头发、真的荆棘、真的布料。德加先生的芭蕾舞女演员也是穿着真的舞裙,结着真的丝带,穿着真的舞衣,使用真的头发……"

1880年第五届"印象派"联展时,艺术批评家于斯曼对德加的这些表现芭蕾舞的作品——包括雕塑和绘画如此评论道。

批评家接着又说:"当我们注视这些芭蕾舞者时会发现,画面变得如此逼真。每一个舞者都激动而迅速地跳着,女教师的叫喊声如在耳际,穿破了小提琴尖锐的杂音:'脚跟向前,收胯,手腕抬高,弯腰。'然而在最后这一声号令下,刚刚好不容易做到的困难姿势立即瓦解,女孩的脚跷得更高些,使得芭蕾舞衣的蓬蓬裙摆也往上翻,有的人把脚僵硬地搭在最高的那条横杆上……"

《舞蹈排练室》是德加芭蕾舞系列绘画中的一幅,画的是歌剧院破旧的舞蹈教室里,女孩子们在平衡杆边练习完了弯腰动作之后,一个个地站到教室中央即将开始表演。其中一个演员已经站在那里,做好了准备动作,正在等待信号。芭蕾舞音乐师已经架好了小提琴,即将举起琴弓。可以想象,接下来将是抬腿、摆动、原地旋转、小碎步、击脚跳、拍击、双腿成圆形、并合、踮起脚尖、小拍子……

没有任何其他画家能像德加这样,对芭蕾舞表演者如此倾心和投入。他是芭蕾舞艺术最忠实的"粉丝",不仅参观她们的排练,观察她们最细微的动作,欣赏她们的每一场演出,而且还经常与演员的母亲们交谈,了解演员们鲜为人知的生活细节和内心世界。只有如此投入,他才能捕捉到芭蕾舞女演员们的各种姿态和瞬息万变的生活场景,并且很自然地赋予作品某

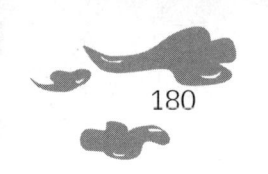

些在纯粹的印象主义作品里所排斥的社会学意义。

《舞蹈课》是德加的芭蕾舞绘画里最具有代表性的作品之一。这幅画描绘的仍然是旧歌剧院的一间排练教室里的情景。站立在中央的老者，是德加一直十分崇敬的著名舞蹈家和编舞者佩罗，他满头华发，拄着手杖，双腿分开，正在对演员们做指导。女演员们有的正在聚精会神地听讲，有的一边听一边试着做出优雅的姿势，有的却心不在焉，或在抓痒痒，或只顾着整理自己的裙带和蝴蝶结。仔细观看，会发现画面中坐在右后方的，是三个妇人，那是前来照顾自己女儿的母亲，德加经常和这些母亲们谈心，所以也不忘在自己的画里捎带画上她们的形象。

这幅画画的是一个可以容纳二十几个舞蹈演员的排练教室，为了避免拥塞感，德加在右下方留出了一大片空白的地板，同时透过敞开的门和门外的玻璃窗，可让观画者的视线和心理空间得到延伸与扩展。细心的画家把教室里的光线涂描成白色，让强烈的光线射在舞蹈家身上，也穿透了女演员们薄如蝉翼的纱裙。透明的纱裙看上去轻盈而有律动感。画面上还有一只小狗，正在惊奇地看着浇花桶上映出的自己的形象……

德加不愧为"芭蕾舞的画家"。还有他的《预演》《舞台上的舞女》，画得那么美，不能不使人想到他那句俏皮的自白：

"我想要光芒四射又保持神秘。"

他在这些漂亮的却经常要忍受着"肢体的苦刑"的女孩子身上，倾注着自己无限的热爱和同情。他尝试了描绘芭蕾舞者的各种姿态的可能，有时选取的角度，仿佛是从高空俯瞰。他使用了一种十分独特的粉彩颜料，那是画家心中最美丽的蔚蓝、洁白、嫣红和金银色。画家不仅是在表现芭蕾舞排练场上的娇媚、美丽与诗意，同时也是在表现芭蕾舞者在创造美好的艺术的过程中所付出的艰辛与汗水。

德加不仅是第一个，恐怕也是唯一一个如此细致、热情和耐心地观察过芭蕾舞者的细微的动作和步法的画家。也只有他，真正领会了这种轻舞飞扬、光芒四射的娇媚与优雅。

"是不是乡村生活，是不是50岁的年纪，使我变得如此沉重，变得如此腻烦？别人看我很愉快，那是因为我逆来顺受，愚笨地微笑。我正在读《堂吉诃德》。哦，好一个快乐的人，好一个美丽的死……哦，我那段自信满腹、充满逻辑与计划的时光到哪儿去了？我会急速走下坡路，滚落到我也不清楚的地方，然后被许多差劲的粉彩画包裹，就像货物被包装纸打包一样。"德加在50岁的时候，对一位雕塑家倾吐了这番话。

1886年，他又感叹说："就算我这颗心也是会矫揉造作的，那些舞蹈演员把我的心缝在粉红色缎子做的袋子里，像她们的

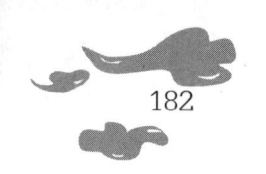

舞鞋般淡淡地褪去颜色。"

　　这个时期，他在许多书信里常常抒发着看透人生的省悟。他的感触涉及年纪、孤独、疾病、金钱、时间的流逝、老友的凋零等等。这种对人生和现实的悲悯、怀疑与质问，从他青年时代就开始了。他的许多作品里，都散发着一种类似苦艾酒的忧郁。其中最具代表性的，无疑就是那幅在德加生前就已经远近闻名的《苦艾酒》了。

　　这幅画里的一男一女，都是德加当时的朋友。为了完成这幅画的场景，德加特意找来他们做模特儿。半个多世纪后，这位女士回忆说：当时，我的前面是一杯苦艾酒，而这个大男人前面却摆着一杯不含酒精的单纯饮料。这是一个颠倒的世界，不是吗？

　　这两个人物所在的地方，是当时十分有名的"新雅典咖啡馆"，马奈、德加还有左拉等艺术家和自然主义作家经常在这里高谈阔论。德加通过这样两个人物，尤其是女士面前的那杯苦艾酒，来表现沉浮在巴黎大都会里的知识分子以及芸芸众生内心的忧郁、孤独和不安。

　　据说这幅画是德加为自然主义小说家左拉的作品所画的一幅插图。果真如此，那么这幅画的基调和左拉在著名的德雷福斯冤案发生后所发出的"我控诉"的声音，是一致的。这幅画

和左拉的作品一样，也是对这个世界的质问与控诉。

《苦艾酒》中人物的眼神里，有一种深深的无奈与迷惘。这种眼神是德加自己的。他画别人其实就是在画自己。德加的内心有怀疑，有忧郁，性格上也经常表现得犹豫不决。这一点也反映在他的感情世界里。像所有的艺术家一样，德加渴望爱情，身边也不乏女性，但他又惧怕爱情，不能承受真正的爱情的到来。他曾幻想，寻找一位善良、单纯和能够理解他的事业的女性，作为一生的伴侣，然而，当这样一位女性到来的时候，他却表现得畏缩不前，甚至紧紧关上了自己内心的大门。

他与美国女画家玛丽·卡萨特的交往就是这样。许多美术界的朋友都十分看好甚至称羡他们两人的感情关系，可是最终还是一个终身未娶，一个毕生未嫁。他犹疑的性格与气质，使他最终只能独自饮下爱情的苦艾酒，并且自嘲为这个世界上的"孤单第一人"。

玛丽·卡萨特对德加十分敬爱，并多次充当德加的模特儿。德加曾画过一幅《玛丽·卡萨特在罗浮宫》，虽是一幅草图，但画中的女画家十分专注和漂亮。大约在1884年，德加又画了一幅《卡萨特小姐坐着，手持纸牌》。不过，女画家却并不喜欢这幅肖像画，说是他把她画丑了，仿佛一个手持纸牌的算命女郎。"我不想把这幅画当作是我的肖像画留给家人。"她在

迟暮之年说道,但她也承认,"这幅画本身有它的艺术价值。"

猜想一下,德加这样画她的眼神,乃至给她手上加了几张纸牌,不会有别的原因,仍然只能是出自他对这个世界的怀疑与悲观的情怀。这幅画里同样有德加式的沉郁与苦涩。我们从德加晚年的一张侧面照片里,真切地看到了这种沉郁和怅惘的眼神。

绘画才是德加的一切,是他最后和唯一的爱情。"但愿在我行葬礼时,除了说上一句他热爱画画,此外再不要有什么颂扬之词了。"在德加生命最后的时刻,他这样对身边的人说。

德加晚年,近乎失明,而且好长一段时间里,避不见人。"他像年老的荷马一样,双眼注视着永恒。"一位最后见过他的老朋友这样描述道。

素馨花和樱桃树的芬芳

---※---

最好的图画书,不仅仅有画面,还一定会有声音。

据说,捷克著名儿童教育家扬·阿姆司·夸美纽斯在1658年出版的《世界图绘》,被认为是欧洲最早的带插图的儿童书。如果从这个时候算起,那么图画书迄今已有300多年的历史了。

几年前,在德国美因茨的古腾堡博物馆里,我看见过一本有着彩色木刻风格插图的医学故事书 De Hortus Sanitatis,这个书名可译作《健康花园》,1491年第一次在美因茨印刷出版。这本书融合了中世纪后期苏格兰的一些植物、草药知识和民间传说,不仅运用一幅幅精美、细腻的图画讲故事,而且文字上也具备了图画书的雏形,例如:"一个男孩在收集蜂巢里的蜂蜜,把自己的脸也弄脏了。""一些医生在病房里给多名患者会诊。""如果胎儿不幸死在了妈妈的子宫内,可以将艾叶捣碎,放进子宫内,等到冷却后,死胎就会分娩出。"我当时就想,这几乎可以说是一本500年前的"科普图画书"了。

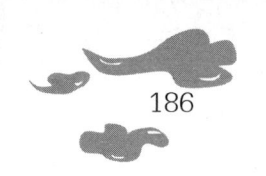

当然，严格意义上的"Picture Book"，要到19世纪晚期至20世纪初，才在欧美臻于成熟。一个显著的标志就是，一批专门为幼童而创作图画故事书的插画大师诞生了。这些大师包括沃尔特·克兰、凯特·格林威、伦道夫·凯迪克、比阿特丽克斯·波特、W.W.丹斯诺等。这些人不仅是世界儿童图画书的先驱和拓荒者，也用各自杰出的作品，创造了世界儿童图画书早期的一座座高峰，有的直接成为后来一代代图画书作家和插画家的"精神火种"和"灵感之源"。

例如英国维多利亚时期最流行的画家、儿童彩色图画书最早的倡导者和实践者沃尔特·克兰，就对19世纪欧洲插画产生过深远的影响。他和凯特·格林威、伦道夫·凯迪克被誉为19世纪"欧洲插画三大师"。他画的欧洲经典童话故事图画书《小红帽》《睡美人》《灰姑娘》《蓝胡子》等等，几乎是欧美每个家庭儿童书房里的必备童书。同时也因为他丰富多彩的艺术实践，例如在石膏浮雕、瓷砖、彩绘玻璃、墙纸、纺织品图案等方面的贡献，他还被称为欧美"工艺美术运动"的巨擘。

再如维多利亚时期另一位水彩画巨匠凯特·格林威，也是对后世有着巨大影响力的图画书大师。英国图书馆协会在1955年为纪念她而设立的"凯特·格林威奖"，可以说已经成为世界优秀图画书遴选的最高奖项。

凯特·格林威的图画书在表现形式上如春日的花树,斑斓多彩。有淡雅的水彩画,细致的木刻画,也有简洁和夸张的速写画等。她的图画书作品素以图文混排、浑然天成的完美形式呈现,真正达到了后人所总结出的"图画书＝文×画",而并非"图画书＝文＋画"的艺术效果。出现在她的水彩笔下的儿童、母亲等人物形象,总是甜美而温暖。她的图画书名作如《鹅妈妈童谣》《哈默林的花衣吹笛人》《蓝小孩》等,是欧美图画书中"经典的经典",让我们领略到了19世纪欧洲小镇恬淡的生活风情,感受到了一种乡村田园诗般的浪漫和清新的气息,闻到了水仙花、素馨花和樱桃树的芬芳。

伦道夫·凯迪克是与沃尔特·克兰、凯特·格林威"三足鼎立"的另一位插画巨擘。美国图书馆学会在1938年创立的、美国最具权威的图画书大奖"凯迪克奖",就是以他的名字命名的,奖章上镌刻着他最负盛名的图画书人物"骑马的约翰"的形象。他也是《彼得兔》的作者比阿特丽克斯·波特的偶像,是伟大的画家凡·高和高更的追慕者。

有人说诗是不能翻译的,真正的"诗意"就是无法翻译出来的,或者说是被翻译家"丢失"的那一部分。但是,在凯迪克的图画书中,那些诗意是永远不会"丢失"的。即使从英文

翻译成了中文,所有的诗意仍然会被完美地保存下来,这其中的秘密,就存在于他美妙的图画中。凯迪克的文字里可能被弄"丢失"的东西,我们可以从他图画的细节里重新发现和找到。

凯迪克是善于用图画讲故事的人。他的彩色图画色彩明快,有着中国古代的青绿山水画的风格,而且细节密集,有着夸张的动感,每个鲜活的细节,都在给我们讲述故事。例如《吉尔品趣事》《三个快活的猎手》《森林中的孩子》等。他送给我们的快乐精神、幽默味道,还有美好的想象和诗意,往往都被他藏进了图画中,包括那些好像是简单勾勒出来的黑白图画中。

松居直先生认为,最好的图画书,不仅仅有画面,还一定会有声音。凯迪克的图画书里就有最动听的声音。《叮咚叮咚乖宝宝》里的提琴声音,《三个快活的猎手》里的号角声,《吉尔品趣事》里的奔马蹄音等等,都被描画得那么准确和逼真。

歌德与绘画

———— ✳ ————

歌德认为:"在所有艺术中,绘画是最可宽容和最为惬意的了。"

著名德语文学翻译家张威廉老先生,生前曾不无惋惜地说过,南京大学图书馆花费重金购进了一套143卷本的德文版《歌德全集》,但是长期以来,却只有他一个人借阅过,真是太可惜了。

我从张威廉先生这里第一次知道,原来,歌德留给我们的全集竟有143大卷之多!歌德作为世界文化巨擘,由此也可得到证实了。

歌德的一生是辛勤耕耘的一生,他活到83岁,一生写下了大量的抒情诗、诗剧和小说,同时他又是一位植物学家、矿物研究家及色彩学、光学专家。

歌德在逝世前曾这样写过:"从根本上看,只有辛苦和工作,别无其他。我可以肯定地说,我在以前七十五年的生命旅程中不曾有过四周真正的舒适生活。一切好比一块应该步步向

高处滚去的巨石,永不停息地朝前滚动。"他也曾这样告诫年轻人:"我的产业是多么美、多么广、多么宽!时间是我的财产,我的田地是时间!"

在德国绘画中,以歌德为题材的作品多不胜数。藏于慕尼黑新美术馆里的一幅歌德肖像画,由肖像画家 K.J. 施迪勒尔于 1828 年绘成,是我所见到的歌德肖像画里最传神、最典雅的一幅。

有一年我在法兰克福参加国际书展期间,每天中午和黄昏都要在展馆外面的旧书市场上逗留许久。我在这里买了几册虽然古旧,但是开本和装帧十分典雅的歌德传记和席勒的剧本集,还买到了一册威廉·布施的儿童幽默故事诗集,是麻布面的精装插图本。这册故事诗中有一首名诗 *Max und Moritz*(直译为"马克斯和摩里茨",诗人翻译家绿原先生译书名为"顽童捣蛋记"),在德国可谓家喻户晓,是儿童教科书中的保留篇目。尤其使我感到欣喜的是,我在这里还淘到了施迪勒尔所绘的那幅著名的歌德肖像画。虽然可能是半个多世纪前的印刷品了,但纸色古雅,幅面舒阔,印制精美,整个画幅透着一种古旧的芬芳。歌德明亮的目光里透出无限的智慧与深情,使我想到著名美学家和诗人宗白华先生曾为这幅画像写过的一首题诗:"你的一双大眼睛,笼罩了全世界。但是也隐隐地透出了,你婴孩的心。"

1786年,歌德来到罗马。在此之前的两个月里,他已经漫游了很多地方,但这些地方都不如罗马那样诱惑着他,使他迫不及待。他在到达罗马的当夜,这样写道:"现在我到了这里,总算一块石头落了地,似乎可以慰我平生了。因为这大概可以说关系到我新的生命。……我看到我青年时代的一切梦想又复活了。"他把到达罗马这天视为"我的第二个生日"。

罗马的宫殿、教堂、花园、山冈、废墟,罗马的廊柱、湿壁画、雕塑、剧场……都让歌德如痴如醉。寻找和观赏提香、拉斐尔、米开朗琪罗、安格利卡·考夫曼等艺术家的绘画,成了他在罗马每日的"必修课"。他觉得,在这里等于进了一座大学校,一天所学的东西简直不可胜数,每天都能看到一些新的、大的、罕见的画,每天都会产生一些多年来梦寐以求的"整体性"的感觉。他甚至认为:"巴黎只是我的小学,而罗马是我的大学。看到罗马就看到了一切。"

罗马是一个世界。歌德每天都用日记记录自己的所见所感,从各个角度对罗马做出评论。他当然也感到了,在罗马有时候你已经找不到你想找到的东西了,"新罗马的建筑师使野蛮人留下的东西成为荒野",而且时常还会碰见一些平淡乏味的东西,但是,"这里没有任何小的东西,"歌德说,"即使这些

东西也是普遍宏伟建筑的一部分。"他对伟大的艺术家推崇备至:"米开朗琪罗画的《最后的审判》和天顶的其他壁画令我们叹为观止。我只能目瞪口呆。这位大画师的内心充实并具有男子气概,他的伟大人格溢于言表。"而对另一类人,如热衷于建造卡拉卡拉大浴场和赛马场者,他也表达了自己的愤慨:"这些人搞万年大计,考虑到了一切,就是没有考虑到荒淫无耻者的无意义的生活……"

在罗马的日子里,歌德还不断地反思自己的过去,重新调整了自己对人生和对外部世界的姿态。他觉得,罗马使他受到了净化和考验:"我现在住在这里很清净,好长时间没有这种感觉了。我练习观看和仔细观察一切现存事物,我的忠实让眼睛明亮,我完全摆脱一切傲慢……"罗马,使具有双重身份和人格的歌德——既是委琐的魏玛公国的枢密官,又是一位伟大的诗人——从内心出发,重新考量和设计了自己。他说:"我像一位想建筑钟楼而打坏了基础的建筑师……他试图扩大、修改平面图,确保基础更牢固,预先希望未来的建筑具有某种牢固性。愿上天保佑,在我返国时将能感觉到,我在一个更广阔的世界里的生活给我带来道德方面的后果。"

出自画家蒂施拜因笔下的那幅《歌德在罗马郊外的坎帕尼亚》,表现的就是歌德的这次罗马之行的情景。画面上,歌德精神饱满,目光炯炯地注视着前方。在他的背后,是古罗马留下的断壁残垣和苍茫暮色。

多少高大宏伟的纪念圆柱,它们都曾经是胜利和骄傲的象征;多少金碧辉煌的宫殿、圆顶、拱门、城墙,它们都曾经是豪华和奢侈的标志。骄横的皇帝,还有一代代王公大臣……他们都从这苍茫的暮色里消失了。庞培、恺撒、奥古斯都、奥维德、维吉尔、但丁……巨人们都在这座古城的铺着黑色火山石的路面上,在通往卡皮托里诺山的古道上,留下过他们沉重的足迹。到最后,像废墟一样的罗马,成了自己的唯一的纪念柱。

此情此景,也使我不禁想起一代历史学宗师爱德华·吉本的一段话来:"我踏上罗马广场的废墟,走过每一块值得怀念的——罗慕洛站立过的,图利演讲过的,恺撒倒下去的——地方,这些景象顷刻间都来到眼前……"

还有比利时旅行家居尔韦尔在他的小说《罗马时光》里写过一句话:"在罗马,什么都得从远处看。"他的意思大概是说,如果走近仔细看,整个罗马不过是断垣残壁,废墟一堆。只有站在远处——例如像伟大的歌德这样,并且最好是在夕阳西沉、薄暮的余晖笼罩着全城,所有的宫殿和教堂的圆顶与尖顶,还有石柱、城墙、广场……当这一切都蒙上了一层橙红色的时候,你才能感到这座历史古城的苍茫意味。

歌德在罗马度过了十分充实的一段时光。在他即将离开罗马的某一个月夜，他站在高处，饱览了一番罗马城的夜景。月光下的罗马在这位诗人眼里，一下子变得那么静谧和安详。他在日记里深情地写道："一轮明月普照罗马城，若非亲眼所见，真不知有多美。万物都沉浸在团团光影之中。眼前只有一幅幅最伟大、最普遍的图景。……在月光照耀下，万神庙、圆形广场、圣彼得教堂的前院，其他的大街和广场，更是引人入胜……在这里，日月照耀着无数的古代文化建筑群。"

这是诗人献给罗马的恋曲与挽歌。我相信，一代代罗马人，每一个罗马的热爱者，都会因为这段著名的和饱含深情的文字而感到自豪，而感激歌德。

不过，细心的歌德还留下了一句话，我想，那肯定是他特意赠送给200多年后的今天的罗马人，赠送给今天所有的匆匆赶来罗马的观光客的："这个城市有着巨大的但只是废墟的财富，有无数的艺术品但却要求每个人问一问，生活给予艺术品的时间。"

歌德不仅对绘画艺术有自己独特的研究与见解，而且他本身就是一位具有相当造诣的风景画家。只不过，他在绘画方面的成就被文学和戏剧的成就所掩盖了，世人对他的绘画世界所知甚少。

歌德从小就在父亲专门为他请来的画师指导下，学习绘画。他在自传里说："我从童年起就生活在画家中间，我习惯于像他们那样，把景物与艺术联系在一起看。"他酷爱大自然，因此所画多为自然风景。他认为，一幅好的画，"要在画上不只看见所画的东西，而且还可以看见自己当时的思想感情"。为此，他经常用画笔去摹写所见到的美丽风景，"绘画成了留给我仅有的表现自己的方式，于是我用同样多的固执，甚至带着沮丧，越来越热切地继续我的工作，而这同时我看到自己做出的成绩却更微不足道。"

他一生创作各种风格的画作有 2700 幅之多。这个数量是惊人的，无论是创作数量还是画作的艺术品位，一点也不比某些职业画家逊色。他在莱比锡大学读书时，曾跟随铜版雕刻家 J.M. 斯托克学习过雕刻和蚀刻艺术，他说："我被这门艺术的精美所吸引，我跟他接近，也想制作一些相似的东西。我的爱好重又被转移到风景上面，它在我孤寂散步时使我愉悦……"

我们从《山区瀑布风光（仿 A. 蒂勒）》和《古老塔楼风景》这两幅铜版蚀刻画里，可以领略他在这方面的浓厚兴趣和艺术造诣。1768 年歌德从莱比锡返回法兰克福后，有一段时间还继续着他的兴趣。他在自传里说："我绘了一幅相当有趣的风景画，当我又重新把斯托克传授的办法加以尝试并在工作中忆起

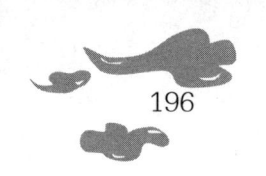

那段愉快的时光时,我觉得非常快乐。我不久就用铜版蚀刻印出了样子。"

在1768年至1775年间,歌德在法兰克福家中用彩色铅笔画了不少室内画。《法兰克福工作室》即其中的一幅。"因为我总是直接地要以自然或更多地以实在的东西为对象,于是便摹画我的房间,它的家具和房间的人……"他在自传里写道。歌德画过好几幅色彩漂亮、意境优美的月夜小景。我认为《花园小屋上空闪光的夜云》和《黑夜树丛上空的弯月》是最美丽的两幅。1777年1月13日他在日记里写道:"晚间画月亮画。"两年后的1月2日的日记里,又有这样的记载:"月亮升起,美极了。画下来。"与此同时,他还写了许多描绘月夜、咏叹月亮和星星的诗歌。如《致月》:

你又把雾的清辉
安详地洒遍可爱的山涧,
你终于又一次
把我的灵魂全都融入其间。

你舒展你轻柔的目光
铺遍我的土地,

> 就如同最亲的人的眼睛，
> 温柔地注视着我的遭际。

歌德认为："在所有艺术中，绘画是最可宽容和最为惬意的了。"他进一步解释说："说它最可宽容，因为它仅是手艺或还不是艺术时，由于它的材料和对象之故，就多加谅解和对它感到愉悦了；一部分是因为技艺的，尽管是没有才智的处理，使无教养的和有教养的人都感到惊叹，只需稍许提高成为艺术，那就会受到一种更高程度的欢迎。"

歌德的绘画如同他的诗歌和戏剧一样，也是他留给人类的一笔珍贵的文化遗产。德国艺术批评家和学者阿·费德曼在其论著《作为绘画艺术家的歌德》中有言："如果说歌德的肖像画开了现代肖像艺术之先的话，那么，德国的现代风景画则也始之于歌德的风景画。"奥地利作家赫尔曼·巴尔甚至认为，歌德的这些画作，"偶尔比最美的伦勃朗更伦勃朗，时而在魅力的强度上可以与凡·高一试身手，时而在安静与谦虚上可与达·芬奇一比高低……尽管它们多是旅行时匆忙的速写，也都有着情感的尊严和一种认识上的高度，就是那些最最伟大的大师，也只有在他们最最幸运的时刻预感上能提升到这种地步。"

能对歌德绘画表现出如此的欣赏与赞叹，或许不能简单地

视为作家间特有的溢美、夸张与崇拜。至少，我们从歌德的绘画中，可以想见这位史上罕见的文化巨人对于文学、艺术和科学无远弗届的创造力和光华四射的智慧与天才。

最珍贵的画箱

※

相比任何财富和金钱，这种感觉和依恋更让他感到温暖和亲切。

毕加索是世界上最具创造力和最勤奋的艺术家之一。有人统计过，毕加索一生共画了将近4万幅画，目前全世界排在拍卖价最高的前十位的画作当中，他的作品就有4幅。

毕加索晚年时曾说过："有人说我老朽了，疲倦了，再也画不动了。那你们就等着瞧吧！" 90岁时，他还在忙碌着筹备将要在亚威农和尼斯两地举办的个人画展。可是，1973年4月8日，因为工作劳累过度，心脏病发作，这位92岁的艺术家，中止了他那罕见的、旺盛的艺术生命力，永远地离开了人世。

盖内克是生活在巴黎的一个年轻而勤劳的安装工，靠着给人做一些水电修理、窗户安装之类的零工，维持一家人的生活。有一天，有人请他去给一位老人安装防盗窗。这位老人就是已经年逾90岁的画家毕加索。就这样，这个普通的安装工幸运地走进了一位艺术大师的生活空间里。

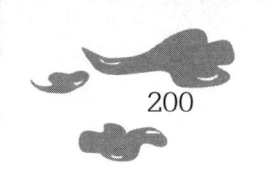

也许是因为晚年长期过着隐居式的生活，年老的毕加索有一些寂寞，渴望和人交流；也许是年轻的盖内克的勤勉、憨厚和他熟练的安装技艺让毕加索产生了好奇。总之，每当盖内克干完了一天的工作，坐下来休息的时候，毕加索就会邀请这个年轻人陪自己聊聊天。可是，聊什么呢？盖内克并没有读过多少书，老实说，他也看不懂毕加索画的那些画。他只是隐约听说过，这个老人画的那些画非常值钱，巴黎有许多人做梦都想弄到一两张毕加索的画，哪怕是他随手涂鸦的一幅草稿，也能卖出一个好价钱，甚至够自己吃一辈子的。

盖内克还听说过，有一次，毕加索在一枚邮票上随手画了几笔，然后丢进了废纸篓里。可是这张邮票被一个拾荒的老妇人捡到了，她用这枚邮票给自己换到了一幢别墅，从此过上了幸福的日子。盖内克不相信一幅画会这么值钱。他笑着问毕加索："这是真的吗？"

毕加索告诉他说："是真的，可是我自己也弄不明白，他们为什么要这么做。"

"那么，这一定是因为您画得比别人好。"

"也许是吧。不过，我的每一幅作品里，确实都浸染着我的心血，这就是我绘画的意义。"毕加索这样告诉这个年轻的安装工。

时间长了，盖内克渐渐喜欢和崇拜起这位孤独的老画家了。他很愿意陪毕加索闲谈，他觉得这位老人不仅很有学问，能告诉他许多生活的道理，而且非常慈祥和善良，就像是自己的祖父。

有一次，他们谈到了各自的工作。盖内克告诉毕加索，做一个安装工虽然很苦很累，可有时候也很惬意，他自己很喜欢这份工作。毕加索说："这样很好，不论我们所做的是什么，重要的是能够带着一种真挚、热烈的感情去做。劳动者对于他的职业怀着满腔的热爱，才是最重要的。你知道吗？年轻人，这也是我绘画的秘诀。"

那一天，他们谈得非常愉快。金色的阳光从窗外照射进来，给盖内克年轻、健康的身躯镶上了一道迷人的金边。毕加索觉得眼前的这个年轻人就像是一尊美丽的雕塑，散发着青春、生命和美的活力。而盖内克觉得，老人的一席话，比眼前的阳光更加明媚和温暖，让他对未来、对明天的生活充满了信心、希望和力量。

就在那天，毕加索情不自禁地拿起画笔，为盖内克勾勒了一幅肖像画。他把这幅小画递给盖内克说："孩子，我为你画了一幅画，你把它收藏好，也许将来你会用得着。"

盖内克接过画，惊奇地睁大了眼睛。绘画原来是这么神奇啊！老人只是不经意地三笔两笔，就把自己画得这么传神。

"谢谢您，先生，这是第一次有人给我画像呢！我一定好好珍藏这幅画！"

这个年轻的安装工，也给毕加索晚年的生活带来了安慰和光亮。在之后的日子里，为了能和盖内克有更多谈天的时间，毕加索将工期一再推迟。在这期间，毕加索又陆陆续续送给了盖内克不少画作，其中有一些画，还是毕加索自己一直珍爱的作品。

盖内克说："先生，现在我已经知道了，您的每一幅画都是这个世界上最伟大的珍宝，您却把它们慷慨地送给了我！可是，我感到惭愧的是，我并不懂画……"

"不，孩子，你虽然不懂画，但是我相信，你是应该得到这些画的人，因为你才是我真正的朋友！拿去吧，亲爱的孩子，希望这些画能对你今后的生活帮上一点忙。"

本来，为毕加索家安装防盗窗只是一个小小的工程，可是，因为毕加索的一再挽留，盖内克在大师身边前前后后竟干了将近两年时间。可以想象，这两年的时光里，盖内克更多的时间是在陪大师聊天。而且不知不觉之中，毕加索在这两年的时间里又迎来了他艺术生涯里的一个新的创作高峰。

两年后，盖内克依依不舍地离开了就像自己的祖父一样慈爱的毕加索，继续四处寻找零活去了。

不久，毕加索溘然长逝。盖内克获知噩耗后，十分悲痛。他含着眼泪，一一清点了毕加索赠送给他的那些画，一共有271幅！

盖内克现在已经完全清楚了，毕加索的画是价值连城的，只要他拿出这些画里的任何一幅去卖掉，都可以让自己目前的生活状况得到改变。但是，他没有这么做。他觉得，展开手上的任何一幅画，脑海里涌现的就是毕加索那慈祥的音容笑貌，好像这位老人依然生活在他的眼前和身边。相比任何财富和金钱，这种感觉和依恋更让他感到温暖和亲切。

"你才是我真正的朋友！"盖内克觉得，老人生前说过的这句话是他永远难以忘怀的，无论什么时候想起来都会感到无限温暖。这样想的时候，盖内克又小心翼翼地把这些画一一地收藏在一个旧画箱里，放在一间小小的阁楼里，作为最宝贵、最永久的纪念。他对任何人、包括自己的家人都没有说起这些画。他忍着老人逝世所带给他的悲伤，背起工具袋，像平常一样外出寻找零活。

2010年12月，年逾古稀的盖内克把这个他珍藏了多年的旧画箱从阁楼上取下来，将毕加索赠给他的这271幅原作全部捐给了法国的博物馆。经鉴定，这些毕加索的真迹价值超过了1亿欧元。

这位年老的安装工的举动，震惊了整个法国艺术界。有许

多人对此感到不解，可是，盖内克面对记者的提问，只是淡淡地说道："毕加索先生曾对我说过：'你才是我真正的朋友！'还有什么比这更有价值的吗？是朋友，我就不能占有，而只能保管。现在，我把这些画捐给国家和公众，就是为了让它们得到更好地保管。因为，毕加索先生也是我一生中最好的导师和朋友！"

马里耶的小木屋

*

马里耶画画的最大特点,就是对真实性和细节的一丝不苟。

摇滚巨星迈克尔·杰克逊生前曾有一个多年没能实现的愿望,就是收藏一幅绘画大师马塞尔·马里耶画的甜美的小女孩玛蒂娜。但是马里耶从来没有卖过任何一幅玛蒂娜的插画作品。迈克尔的这个愿望,后来经过马里耶的一位老朋友的帮助,总算实现了。

60多年前,在比利时,由一位优秀的诗人吉贝尔·德莱雅和一位杰出的画家马塞尔·马里耶共同创造的,一个集纳了童年时代所有的幸福、快乐、爱心、梦想和甜美于一身的小女孩的形象诞生了!这个甜美的小女孩,通过一本本美丽的图画书,走进了每一个家庭里,也走到了每一个孩子的身边……

故事要从1954年的那一天说起。那天,诗人吉贝尔·德莱雅信手写了一个小女孩到乡下农场去玩耍的故事。那是一个夏天,天气炎热,田野里到处盛开着鲜花。小女孩和她的朋友一

起来到美丽的乡下,认识了很多小动物:小鸭子,小鱼,小兔子,小羊羔,还有小猪,小牛犊,小鸡和小鹅……小女孩名叫玛蒂娜。

诗人邀请了当时刚刚出名的、以十分细腻的写实手法著称的青年画家马塞尔·马里耶来为这个故事画插图。因为他从马里耶出版的一本画册中,看到了这位画家最大的艺术特点:对人物表情和姿态的细致刻画,对人物心理活动的细腻呈现,对每一个细节的一丝不苟。例如,在一间小屋子的墙上,画家会画上胡萝卜图案的墙纸;就连一幅祖父画像的边框,画家都会绘制成小兔子的形状……这种细腻和一丝不苟,正是德莱雅想要的。马里耶果然不负所望,把玛蒂娜和那些小动物画得非常生动细腻和可爱。

1954年,这本图画书出版了,书名就叫《玛蒂娜在农场》。从此,几乎每过一年,都会有一本新的玛蒂娜故事书问世。幸运的是,德莱雅和马里耶这一对合作者在创作上是那么的默契。他们很快就清楚地发现了他们对玛蒂娜"父亲般的感情"。

1997年12月6日,玛蒂娜的"诗人父亲"德莱雅与世长辞。人们说,这位善良的诗人一生是如此热爱孩子,以至于他离去的日子也挑在"圣尼古拉日"——在比利时,这是属于孩子们的一个节日。他用自己的离去,留给了孩子们最后的一笑。

2011年1月18日,玛蒂娜的"画家父亲"马里耶先生也在比利时安详地离开了这个世界,享年81岁。他美丽的灵魂,终于可以远去,与他的完美的合作者、诗人吉贝尔·德莱雅先生相会了。

马里耶创作的最后一本玛蒂娜故事书、第60册纪念版名为《玛蒂娜与神秘王子》。这是绘画大师的生命绝唱,是他最美丽的"天鹅之歌"。马里耶先生毕生的爱与梦想,都寄托在美丽的玛蒂娜身上。当他逝世的噩耗传出,他全世界的"粉丝"都为他流下泪水。

1930年11月18日,马里耶出生在比利时一个名叫埃尔索的小镇上。他的爸爸是一位木雕工匠。他的祖父是当地的一位名人,祖父经常坐在家门口给孩子们讲故事,讲故事时,还时不时地会停下来吸两口烟。那只长长的烟斗,是祖父自己用接骨木的枝丫做的。马里耶说,这是他童年时的想象力"最早的觉醒"。

另一位影响过童年的马里耶的人,是装饰画家艾伯特·梅舍尔。他曾指导过仅仅6岁的马里耶画过一幅名为《纹理》的小油画。这幅涂鸦习作,唤醒了马里耶对画画的敏锐感觉,也把一颗绘画的种子埋进了他幼小的心里。他说,他从涂鸦开始就关注到白天的阴郁光线,关注到很小的细节了。从那一刻起,直到后来整个的插画生涯,他都从没有忽略和放弃对真实性和准确性的重视。

他说:"当我画一幅风景画的时候,我要置身在风景周围,感受它真实的气味,体会到微风吹动的感觉。"

2009年秋天,当玛蒂娜系列童书被翻译到中国出版的时候,近80岁的马里耶先生特意为中国的小读者写了这样一段"寄语":"我喜欢中国的绘画艺术。经典的中国绘画表达的是意境。在我的花园里,有一株银杏,在我看它的时候,尤其是在秋天,它的叶子变成金黄色的时候,我会想起中国书法与绘画中的意境。玛蒂娜是一个普通的小女孩,她不会去月球,也不会去做非凡的探险活动。她只是去学校,坐火车,划船,去野营。她在一个安静和安全的世界里成长,有父母、小伙伴和她喜欢的小动物陪伴她。这可能是所有孩子都喜欢的。我希望对于中国孩子来说也是这样,希望玛蒂娜的故事也能够帮助中国孩子去梦想……"

马里耶画画的最大特点,就是对真实性和细节的一丝不苟。每当他要创作一个小动物的形象时,他都会先去仔细地观察好长时间,认真地研究这种小动物的习性和神态,然后再照着它们的样子慢慢地画啊画。例如,如果打算画一只悄悄挪动的小松鼠,他就会特别细腻地去刻画小松鼠背部的针毛,挪动时皮

毛的褶皱，从而表现出小松鼠动作的轻灵。他的桌子上经常堆满几十张很大的速写草图。

在马里耶的插画里，像对小动物的细节表现一样，他对每一株植物的细节也同样十分重视。他常常在朝霞初露的清晨，去树林里观察洒满露珠和朝阳的叶子，寻找和捕捉适合表现每一片不同的叶子的特征。无论是睡莲、葱兰、郁金香、雏菊，还是仙人掌、黄水仙、紫杉树、蓝松树……画家都画得毫厘不爽、栩栩如生，就连落地窗边挂着的窗帘布上的花卉图案，也画得一丝不苟，让我们仿佛身临其境，置身在一种阳光照耀着的完美、精致和优雅的环境里。

在现实生活中，马里耶也非常喜欢小动物。玛蒂娜忠实的小伙伴"小胖"的原型，就是他自己养的一条可爱的小黄狗。"小胖"一直伴随着玛蒂娜的每一次探险。在日常生活中遇到的某些细小的事件，例如在哪里看到了什么样的小动物，可能都会给马里耶带来创作灵感。事实上，马里耶也经常把自己经历的一些小故事或小细节讲给诗人德莱雅听，德莱雅再将这些素材融入新的故事里面。《玛蒂娜和小麻雀》就是马里耶提供给德莱雅的一个小故事。

《玛蒂娜和流浪猫》也是来自马里耶的一次真实的生活经历。原来，每当一本图画书要定稿的时候，马里耶都喜欢一个

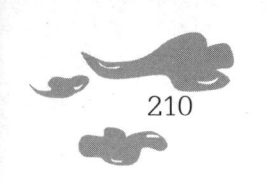

人安静地住上一段日子,便于做最后的修饰。他有时会去池塘边的那栋小木屋里住上几天。有一天,他去野餐时,半路上发现了一只母猫爬进了他的车里,还吃掉了他为午餐准备的鸡腿。这只母猫快要生小猫了,它来到画家的小木屋里住下了,一直住到了小猫咪出生……

平时,马里耶把自己家里的房子和花园也装饰得十分漂亮和精致,一眼看上去,就好像一定会有很多故事在这里发生一样。事实上,玛蒂娜图画书里的许多室内、花园、池塘的场景,都直接取自他所生活的环境。

马里耶每创作一本新的图画书,都需要几个月的准备时间。这段时间是他最快乐的时光。创作的最初阶段,马里耶会在纸上画几十幅草图,等到他要为人物上水粉和水彩的时候,他会把自己全部的感情都调和在那些漂亮的颜色里。这些颜色会在玛蒂娜的蓝眼睛里,在小毛驴的温柔的眼神里,在小麻雀洁亮的羽毛上,在风雨之夜的玻璃窗上的晶亮的水珠里……发出柔和的光辉,闪耀出它们的美质。

美的创造者

美的创造者
戏比天大
「决不能让武松倒下」
「小牡丹花」的故事
美丽的榜样
沙元里的怀念
「他只有他的莎士比亚」
笔记本里的素材

美的创造者

———— ✳ ————

我国戏剧名家欧阳予倩赞誉梅兰芳是一位"美的创造者"。

"海岛冰轮初转腾,见玉兔,玉兔又早东升。那冰轮离海岛,乾坤分外明。皓月当空,恰便似嫦娥离月宫……"

喜欢京剧艺术的听众,只要一听到这段优美绝伦的"海岛冰轮初转腾"的唱腔,就会想起梅兰芳大师在《贵妃醉酒》里饰演的雍容华贵的大唐贵妃杨玉环的舞台形象。这段经典的京剧唱腔,也能让观众瞬间感受到京剧国粹艺术精彩绝伦的超凡魅力。

梅兰芳(1894—1961)是闻名世界的京剧表演艺术大师,他和同时代的另外三位擅长京剧旦角艺术的京剧大师程砚秋、尚小云、荀慧生一起,被称为"四大名旦"。

京剧是中华艺术中的国粹,梅兰芳创造的"梅派"表演艺术,在戏剧界独树一帜,对后人影响深远,是属于全人类的一笔弥足珍贵的艺术财富。我国戏剧名家欧阳予倩赞誉梅兰芳是一位

"美的创造者"。

梅兰芳出生在戏曲世家。他的祖父梅巧玲、父亲梅竹芬都是京剧艺人,梅兰芳四岁时父亲就去世了,伯父梅雨田是一位有名的琴师,常为京剧、昆曲伴奏,也很懂戏。梅兰芳在家传的艺术熏陶下,从小就喜欢看戏、听戏,8岁就开始学戏,而且一开始就学的是旦角。

男孩子学旦角,唱、念、做都要模仿女性,要用假嗓唱、念,这比一般的学戏要难多了!小梅兰芳刚开始学戏时特别吃力,有时候一出戏老师教了好久,他还没有学会,教戏的师傅甚至失去了耐心,就嚷嚷着说:"这哪儿行啊?看来祖师爷没打算给你这碗饭吃啊!"

但梅兰芳不服气,下决心要学出个样儿来!他冬练三九、夏练三伏,比其他学戏的师哥师弟付出了更多的努力。别人一段戏,唱上六七遍就会了,他有时要唱上二三十遍。功夫不负苦心人!到他十几岁时,终于练出了一副又宽又亮又圆润的好嗓子,唱出来的声音特别柔和甜美,非同凡响。

有一次,以前教过他的一位师傅听了一段他的演唱,又惊异又惭愧地说道:"我那时候,可真是有眼不识金镶玉啊!"

梅兰芳却摇摇手说:"您可千万别这么说。当初要是没有您那些激将、那些呵斥,我哪会去下那么大的苦功夫呀!"

梅兰芳说得没错,"梅花香自苦寒来",为了把戏学好,除了刻苦练功,用心琢磨表演上的一招一式,他还想出了各种办法,帮助自己提高技艺。比如说,对旦角演员来说,眼睛的神采特别重要,而他的眼睛从小就有点近视,眼帘下垂,眸子缺少神采。怎么办呢?除了苦练眉眼的转动,他还专门养了几只鸽子,只要鸽子放飞起来了,他就用眼神紧紧追随着鸽子飞翔的踪影,有时在天空里盘旋,有时越望越远,直到看不见鸽子的踪影……

就这样,他苦练了好久,终于练出了一双滴溜溜转的、神采奕奕的明亮眸子,直到他老年时在舞台上演出,那双眼睛仍然炯炯有神、光彩照人。

梅兰芳还不到20岁的时候,就在北京"唱红了"。后来他到上海等地演出,又一炮打响,大江南北喜欢看戏的观众,都以看过梅兰芳的戏为荣。年轻的梅兰芳的声望,很快就超过了一些京剧前辈艺人,就连当时有着"伶界大王"美誉的京剧泰斗谭鑫培先生,也苦笑着说道:"如今啊,戴胡子的老生可唱不过旦角啦!"

随着梅兰芳的表演艺术越来越精湛,他的名声也越来越大。他是一位正直、自尊、洁身自好的艺术家,更是一个有尊严、有气节、胸怀爱国大义、顶天立地的中国男儿!

1937年8月,日寇占领上海不久,获知蜚声海内外的京剧名旦梅兰芳住在上海,就派人请梅兰芳到电台发表讲话,目的是迷惑人心,混淆视听,为他们所宣扬的所谓"王道乐土"服务。

梅兰芳深明大义,洞察秋毫,一下子就看透了日本侵略者的伎俩,宁愿失去舞台,也不会为虎作伥,于是离开上海去了香港,摆脱了日本人的纠缠。

1941年年底,日寇侵占了香港。梅兰芳明白,凶恶的日本强盗是不会轻易放过他的,如果日本人再来纠缠,找他演戏,为他们去撑场面,那该怎么办?

梅兰芳与家人商量后,就忍受着告别京剧舞台的痛苦,果断地蓄起了胡子,对外宣布早已不再演戏了。满怀爱国大义的梅兰芳,甚至做好了最坏的准备:就算日本人蛮横撒野,硬要逼他出来唱戏,那么,他就是坐牢或杀头,也决不屈从!

果然,1942年1月,侵占香港的日军司令酒井看到梅兰芳蓄起了胡须,惊讶地问:"梅先生,您怎么留起胡子来了?像您这样的大艺术家,怎能退出艺术舞台?"

梅兰芳淡淡地笑道:"我是个唱旦角的,如今年岁大了,扮相也不好看,嗓子也不行了,已经不能再演戏了,这几年来都是在家赋闲习画,颐养天年哪!"

日军司令听了梅兰芳的话，悻悻地走了。没过几天，他就派人来找梅兰芳，一定要他剃掉胡须，登台亮相。恰巧这几天梅兰芳患了严重的牙痛病，半边脸都肿胀了，说话都很困难。日军司令无可奈何，只好暂时作罢。

梅兰芳在抗战期间"蓄须明志"的举动，表现出了中国人、中国艺术家不畏强暴、大义凛然、自尊自强的民族气节和爱国情操，在艺术界被传为佳话，也为一代代中国青年人做出了表率。

戏比天大

※

"戏比天还大,无私天地宽。只要你想听,我唱到一百年!"

巾帼英雄花木兰替父从军、保家卫国的故事,在中国代代相传、家喻户晓。花木兰的故事里,飞扬着我们中华民族的精气神,流淌着热气腾腾的爱国主义血脉。豫剧《花木兰》里的一曲《谁说女子不如男》,经过豫剧大师常香玉的演唱,传遍了祖国的大江南北、千家万户,激发着每一个中国人的民族自豪感和爱国热情。

1932年,父亲为了让常香玉不做童养媳,把9岁的常香玉领上了学戏的道路。因为从小吃苦练功,常香玉练就了一身过硬的本事,文戏武戏样样都行,10岁就能登台演唱,13岁就主演《西厢》,在开封等地有了名气。

常香玉的丈夫陈宪章也是一位豫剧艺人,丈夫经常为常香玉编写剧本,教常香玉识字、学文化,帮助常香玉在不断的演出实践中,把祖国各地的戏曲艺术长处吸收过来,融进豫剧唱

腔里，渐渐形成了豫剧中独树一帜的"常派"艺术。

抗美援朝战争开始后，我国在全国范围内开展了抗美援朝、保家卫国的群众运动，并成立了抗美援朝总会。1951年，抗美援朝总会向全国人民发出了《关于推行爱国公约、捐献飞机大炮和优待烈属军属的号召》。从广播里听到消息后，常香玉对丈夫说："咱俩是经历过旧社会的艺人，新中国使我们挺直了腰杆。现在美帝国主义发动侵略战争，企图扼杀咱新中国。正是因为我们的武器装备太落后了，敌人才敢这么猖狂，志愿军在朝鲜打得真是太艰苦了！……咱能不能为前线的将士们再做点啥事？我想咱们就捐一架飞机，你看中不中？"陈宪章说："中！中！中！我看可以。"

当时，一架喷气式战斗机，大约需要15亿元（旧币）。作为"香玉剧社"社长，常香玉手里拿不出多少钱来。按当时常香玉演出的标价，即使场场爆满，不吃不喝也需要唱上200多场。

性格倔强的常香玉说："我们进行义演，有人看戏这不就有钱了吗？咱们半年不行就一年，一年不行就两年，不信完不成。"于是，常香玉带领她的"香玉剧社"，不辞劳苦，千里奔波，在全国各大城市巡回义演，把演出的收入积攒起来，准备为志愿军购买一架战斗机。

为了买这架战斗机，常香玉还慷慨变卖了孩子的金锁和自己的首饰，个人率先捐出了4000万元（旧币），余下的钱用作剧社巡回义演的资金，购买义演所需的东西。

因为义演的时间长、居所不定，常香玉就把三个年龄幼小的孩子托付给了西安市保育院，自己好安心参加巡回义演。她们在陕西、河南、湖北、湖南、广东、江西等省巡回义演了半年之久，演出了180多场。为了早日凑足购买飞机的钱，常香玉和50多位豫剧演职员一起吃大锅饭、睡地铺，大半年时间里马不停蹄，终于在1952年2月7日，实现了为志愿军捐一架战斗机的愿望。

常香玉向志愿军捐献飞机的愿望，也得到了当时担任中共中央西北局书记的老一辈革命家习仲勋的支持。习仲勋还对常香玉建议说："就用向志愿军赠送'香玉剧社号'战斗机的名义进行捐献演出吧！"为此，"香玉剧社"还专门成立了以常香玉为首的捐献委员会，在全体演职员中开展了"谁是祖国最可爱的人"的学习讨论，激发大家的义演热情。

后来，常香玉又获得批准，带着"香玉剧社"奔赴朝鲜前线，为志愿军战士们演出。有一次，她和演员们正要出发时，遭遇了敌机的狂轰滥炸，行车十分危险。志愿军首长劝她不要去前线演出了，她却说道："那可不中！戏比天大，那么多志愿军战士都等着呢，他们不怕，我们也不怕！"

"男子打仗到边关，女子纺织在家园。白天去种地，夜晚来纺棉……"当她铿锵有力的歌声在战壕里响起的时候，志愿军将士们都受到了极大的鼓舞，仿佛祖国和亲人就站在他们身边。

从朝鲜战场上回来以后，从天山脚下，到东海之滨；从大兴安岭，到南疆边陲……祖国的大江南北，处处留下了她不辞辛劳的足迹，回荡着她那慷慨激昂、令人振奋的"花木兰"的声音。

2003年12月，80岁的常香玉老人患了癌症，正在北京住院治疗。当她得知奥林匹克中心工地上，有一场慰问家乡河南民工的演出，老人家再三请求，让家人搀扶着她，登上了工地的舞台，不顾身体极端虚弱，为家乡的民工们清唱了一段《柳河湾》。这段清唱，成了这位"人民艺术家"留在百姓舞台上的"天鹅之歌"。

电视剧《常香玉》主题曲《你家在哪里》，又名《戏比天大》："吃过百家饭，走过千村路；学过百灵叫，听过黄河哭。敢哭敢笑敢愤怒，困难面前不把泪来流！……人民是亲爹娘，乡亲是好朋友。谁的是谁的非，天在上头！……戏比天还大，无私天地宽。只要你想听，我唱到一百年！谁说女子不如儿男……"这首歌是常香玉一生的朴素感情和艺术追求的写照。

"决不能让武松倒下"

— ∗ —

"不能让武松在台上倒下去,破坏观众心目中武松的英雄形象。"

上海著名报人、杂文作家秦绿枝先生所著《采访盖叫天》一书,是一本文笔生动的传记故事集。此书主体部分由作者 1952 年至 1953 年分别在《亦报》和《新民晚报》上连载的《盖叫天演剧五十年》百余篇文章组成,大多出自盖叫天亲口讲述。全书记录了盖叫天关于戏曲艺术的诸多见解和经验,也实录了盖叫天演艺生涯的不少故事趣谈与菊坛逸闻,也有作者回忆与盖叫天交往和赏析盖叫天表演艺术的文字,书末还附录了盖叫天后人的回忆文章。对于了解盖叫天生平,欣赏盖氏戏曲艺术,乃至考察 20 世纪 50 年代全国范围内的戏曲界生态实况,这本书是一份殊为珍贵的、第一手的文献资料,也是一本丰盈扎实的谈戏散文集。

盖叫天先生本名张英杰,号燕南。他从小进入天津科班习武生,之后长期在上海等地演出,拜前辈京剧武生艺人李春来为师，又有自己的创新和发展。演戏以短打武生为主，在注重造型美、讲究表现人物精神气质等方面，形成了自己鲜明的风格，被称为"盖派"。他的代表剧目有《武松》（包括《打虎》《快活林》《十字坡》等）、《三岔口》、《一箭仇》等。因为擅长短打武生，擅演全部《武松》，盖叫天获得了"江南活武松"的美誉。

盖叫天在从艺生涯里，为了捍卫戏曲艺人的尊严，为了练得一身真本事，可以说是吃尽了苦头，历尽了种种磨难。

20世纪20年代里，为了反对上海恶势力的威胁和戏院老板的盘剥，他典当过衣服，受过饥寒，宁肯流落他乡，也不肯委屈自己在上海看人脸色演戏。他也曾拒绝去朝廷里当内庭供奉，拒绝参加庆祝宣统皇帝大婚、为张作霖大帅做寿，还有曹锟贿选等堂会演出。

抗日战争时期，日军侵占了江南，盖叫天等京剧艺人的生活都十分贫困艰辛。汪精卫伪政府里的一位要员曾送他1万块钱，条件是要他破例唱一次堂会，但是盖叫天不为钱财所动，严词拒绝了汉奸的要求，表现出了一位京剧艺人的铮铮铁骨。

更令人敬仰的，是他对待京剧舞台艺术一丝不苟、精益求精的态度和为了舞台功夫而不惜代价的艺术精神。为了练好短打武生戏的真功夫，盖叫天常常让人把自己的手脚分别吊在4

根柱子上,再用力推动,以便能切实体会到空中飞跃的具体感受,琢磨出其中的动作要领。

他年轻的时候,经常往返于苏、杭两地演出。有一次,他得了伤寒病,加上连续的演出,终于累倒了。但是,在高烧昏迷之中,他仍念念不忘自己的舞台。他在回忆录中说到了这样一个细节:"杭州有一个张大仙庙,我在烧得人事不知的时候,昏昏迷迷地像是被请到庙里去唱戏。第一出是《伐子都》,唱完了不行,又让唱了一出《白水滩》。两出戏唱完,人累啊!浑身的汗就像水淋的一般。喘着气我醒了过来,原来我还睡在床上。"想不到这身大汗出完,他的病竟意外地好了许多。他的母亲迷信地认为,这是大仙在保佑他,硬要他去庙里"还愿",还让他寄在张大仙名下做了"义子"。

最能代表盖叫天舞台艺术形象的,是他塑造的梁山好汉、英武骁勇的武松,很多戏迷观众最欣赏的是他主演的《狮子楼》。

有一次演出中,当剧情进入高潮,武松一下子将西门庆摔下了狮子楼,扮演武松的他也一个"燕子投水",要从两丈高的窗口翻到地面上。可是,就在他刚要落地的一刹那,为了不压伤扮演西门庆的演员,盖叫天急忙向旁边一闪,突然听得"咔嚓"一声,他的左小腿折断了!顿时,断骨从戏靴里穿了出来,剧痛难忍。但他咬紧牙关,没有让自己倒下去,而是仍然坚持

用右腿半蹲着，昂首挺胸，正气凛然，完成了武松英姿不凡的造型。

几分钟之后，大幕徐徐落下，盖叫天这才扑通一声倒在了舞台上。事后，大家都为他所做出的牺牲感佩和惊叹不已。他后来回忆说："我当时唯一的念头，就是不能让武松在台上倒下去，破坏观众心目中武松的英雄形象。"

后来，在治疗腿伤的过程中，腿骨不幸又被接歪了。如果要重新接骨，就必须得再把伤腿折断；如果不重新折断，那么他的这条腿骨就会永远歪着长下去。盖叫天弄清了原委，背着医生，抬起腿往床沿上猛击一下，"咔嚓"一声，腿骨又断了。尽管满是千万根钢针穿心般的剧痛，可他却忍着，一边擦着满脸的汗珠，一边微笑地鼓励医生重新做接骨手术。所幸的是，两年之后，他所塑造的矫健、英俊的武松形象，重新跳跃翻腾在京剧舞台上了。

"小牡丹花"的故事

※

陈伯华被誉为汉剧的"一面大旗",是汉剧的灵魂人物。

早期的汉剧名伶董瑶阶(1894—1952),艺名"牡丹花"。陈伯华作为第二代汉剧艺人,成名后取新艺名"小牡丹花"。

1919年,陈伯华出生在汉口坤厚里一个商人之家。她的母亲是一个汉剧戏迷,陈伯华还在襁褓里就被母亲抱着出入戏院。8岁时,陈伯华进入"新化科班"学戏,4年后首次登台,在《打侄上坟》中反串小生获得成功,初露头角。后拜董瑶阶为师,舍旧艺名"新化钗",取新艺名"小牡丹花",主演《霸王别姬》《风尘三侠》等,很快唱红了武汉三镇。当时,年仅15岁的陈伯华与另外两位汉剧女演员张美英、"万盏灯"并称为汉剧花旦"三鼎甲"。当时,十五六岁的"小牡丹花"与来汉的梅兰芳同在汉口上演《霸王别姬》,形成"打擂"之势,一时传为汉口剧坛佳话。

陈伯华成名后,致力于汉剧改革,使唱腔趋向华美、丰满、

高亢、流畅。她在首都剧场演出《宇宙锋》，轰动京华，荣获了全国首届戏曲观摩大会表演一等奖，并拍摄成戏曲电影，风靡全国，获得了梅兰芳、程砚秋等戏剧大师的高度评价。京昆艺术大师俞振飞评价说："京剧二百年，出了个梅兰芳；汉剧三百年，出了个陈伯华！陈伯华是中国汉剧艺术的骄傲。"

1962年，由周总理命名的武汉汉剧院成立，当时担任国家副主席的董必武欣然为剧院题词，陈伯华出任院长，汉剧又迎来了最为辉煌和鼎盛的时期。陈伯华此后又排演了《贵妃醉酒》《墙头马上》《穆桂英智破天门阵》《三请樊梨花》《状元媒》以及现代戏《江姐》《赵玉霜》《秋瑾》《太阳出山》等剧目。她的汉剧艺术表演风格渐渐形成体系，被称为"陈派"艺术，唱腔委婉华丽、细腻圆润，表演上以眼神、指法和身段来表达人物的思想感情，细腻传神。尤其是她对汉剧艺术进行的大胆革新，不仅把汉剧艺术推向了一个新的高度，也使得"陈派"艺术表演风格迅速影响到全国戏曲界，为中国现代戏曲表演作出了重大贡献。可以说，汉剧的辉煌是从陈伯华开始的，她被誉为汉剧的"一面大旗"，是汉剧的灵魂人物。

作为戏曲演员，陈伯华天赋过人，悟性很高，不仅扮相俊美，嗓音纯亮，而且更重要的是，她能在表演艺术上博取众家之长，不断探索创新。据一些老的汉剧艺人介绍，汉剧最初的

二黄曲调比较简单，字密腔少，听起来比较单调。正是经过了陈伯华的反复尝试和努力，二黄的唱腔逐渐丰富，由"字密腔少"渐渐过渡到了"字腔适中"，最后发展成为"字稀腔密"。

京胡演奏家李金钊先生，在20世纪50年代至60年代末为陈伯华操琴，后来又为陈伯华创作了《二度梅》《江姐》《卓文君》《墙头马上》等多部剧作的唱腔。他认为，陈伯华是汉剧舞台上最富有创造力的一位艺术家。"从汉剧《宇宙锋》开始，陈伯华放慢了二黄唱腔的节奏，在保持原有唱腔骨干音的基础上，在字与字中间增添了很多小腔，字与字之间的旋律变化丰富，跌宕多姿，不仅增强了汉剧唱腔的韵味，而且大大地丰富了表现力，更好地表达剧中人的内心活动和思想感情，而且每个字的唱法都还是汉剧的原味。当时不仅汉剧的演员没人这样唱，全国的旦角演员都没有这样唱过。"在李金钊的印象里，"只要是不美、不好听的地方，她都会用心去改。"

手眼合一的表演神韵，也是陈伯华在唱腔之外刻画人物时的"独门功夫"。她的表演不仅突破了青衣、花旦的行当局限，还练就了"飞燕手""半对眼""兰花手""菊花手""鸳鸯手""一皮叶"等诸多"绝技"。"飞燕手"是陈伯华在演出《二度梅》"重台别"一折戏中的动作，她扮演的陈杏元送别未婚夫，心中无限惆怅，有一句唱词是"朔风起，黄叶落，孤雁飞南"，

"飞燕手"由此而来，这个手势从左至右徐徐展动，仿佛失群的孤雁缓缓远飞。陈伯华自称此时的眼神为"透视眼"，眼神随着手势看向远方，仿佛要让观众感受到，你看到的是寂寥空旷的天空，而不是楼顶的天花板。

在《宇宙锋》"装疯"一折中，陈伯华又为主人公赵艳蓉设计了一个"半对眼"的细节。不少演员会用对眼来表示"疯"的状态，陈伯华扮演的赵艳蓉，对着赵高的一面是对眼，但另一只眼睛在看自己的乳娘，在寻求乳娘的帮助，因此，她的状态一面是"疯"，一面是正常的人，所以，只有"半对眼"才更能准确地表现出"装疯"的感觉。在漫长的舞台表演生涯中，陈伯华创造和积累了许多诸如此类细节上的手眼"秘技"。她在63岁时还登台出演过《柜中缘》中二八少女刘玉莲，依旧能让观众信服，靠的都是这累积的功力。

在陈伯华晚年，湖北省人民政府授予了她"汉剧艺术大师"称号。在她80华诞和舞台生涯70年之际，她又被授予"德艺双馨"的人民艺术家荣誉。

陈伯华一生曾数次被迫离开过舞台，却从来没有放弃对表演艺术的基本功的训练，内心里有着对汉剧艺术的无比的执着和迷恋。她把自己毕生的舞台表演经验毫无保留地传授给了新一代汉剧艺人，"化作春泥更护花"。

汉剧名演员胡和颜是"陈派"汉剧的第二代传人。胡和颜11岁起跟着陈伯华学戏,有幸看到了大师艺术生涯的巅峰时期。胡和颜回忆说:"至今难忘陈老师带着汉剧院的演员们到全国巡演的场面,观众们里三层外三层地围着欢迎我们,争相一睹陈老师的风采。"胡和颜说,陈老师每次演出前,都会先洗漱干净后,再化装、穿戏服。她对学生们说:"戏服非常贵,制作精美,一定要爱惜。"每次演出前两三个小时,陈老师就会开始化装,化装用的颜料,她也是反复调和,因此她的妆容总是那么美!这些细节上的用心,一直默默地影响着胡和颜。

20世纪90年代里,已经高龄的陈伯华长期住在医院的病房里。但她依然坚持在病房教更年轻的一代弟子学戏,先后培养了王荔、余少群、毕巍然等年轻的汉剧演员,为汉剧的传承发展竭尽了心力。有一位记者去病房探访她时,亲眼看见了这样的一幕——陈老坐在轮椅上,跷起右手的食指和小拇指,慢慢将手抬到脸颊边,教孩子们做出"荀派"花旦妩媚的手势,说:"这是'兰花手',《宇宙锋》里的赵艳蓉就是用的这个手势!这个'兰花手'要柔、要美,但是柔美中要有力量,没有力量,可就不是赵艳蓉了。"

有一次,梅葆玖先生去探望大师,正好武汉的著名京剧演员刘子微也在场。会面结束后,老人示意刘子微走近。她仔细打量了一番刘子微的妆容，连声夸奖刘子微的妆化得好看，尤其是眼妆。刘子微告诉她，这是因为用了睫毛膏。远离舞台多年的老人虽然不太明白睫毛膏是什么"神器"，但她还是很认真地听着刘子微的解释，然后叮嘱说："以后就要这样化呀！"

"梅花奖"获得者、著名汉剧青衣演员王荔，从小跟着妈妈去汉剧院玩，小时候就经常见陈伯华。那时陈伯华就夸小王荔长得好看，是唱青衣的料。王荔后来考艺校时又见到了陈伯华，才算与大师正式"结缘"。王荔19岁开始学演《宇宙锋》，竟然壮着胆子去拜见陈伯华。陈伯华一见到这个小丫头，就喜欢得不得了，还特意送了几盘她唱的磁带让小王荔回去听，还说："你以后不用叫我陈院长，你跟我孙女差不多大，就叫我姥姥。""我当时真觉得很幸运，试着去敲梦想的门，没想到陈院长就给我打开了这扇门。"王荔后来回忆说，"我一直觉得自己是幸运的！唱腔，念白，对眼的诀窍，包括衣服怎么穿，都是姥姥手把手教的。她真的特别喜欢我，姥姥也说我幸运，我是她离开舞台之后跟着她的，艺术行当有一句话：'宁赠一吊钱，不赠一句言。'诀窍是不轻易教人的，但姥姥不仅都教给我了，还把她所有在《宇宙锋》想改的地方，都在我身上尝试了。姥姥夸过我'装疯'笑得很好，听到大师表扬，我觉得自己身上的担子更重了，因为我不能辜负大师的期望啊！"和

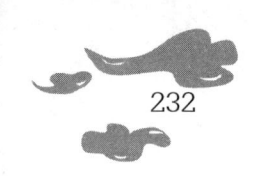

陈伯华大师多年的相处，王荔觉得，姥姥一直是那么美，那是中国传统的女性美，真的是笑不露齿。她躺在病床上，还操心汉剧院的事情，这么多年，真不简单。大师还跟王荔讲过，是汉剧生了她、养了她，所以她也要尽自己所能为汉剧献出一份力量。

电影演员余少群，曾在武汉汉剧院学演小生，也曾拜在陈伯华大师门下学戏，后来离开了汉剧院，因在电影《梅兰芳》中出演少年梅兰芳的形象而在影视界出名。余少群离开汉剧院几年了，汉剧院的许多人还是不敢在大师面前提起余少群的名字，怕大师难过。

有一次，一位记者壮着胆子问陈伯华怎么看待这件事。老人沉寂了良久，连说了三个"遗憾"："多么好的小生苗子啊，太可惜了！"余少群与陈伯华大师的年纪隔了60多岁，余少群进入汉剧行当时，陈伯华已近80高龄，因为身体原因早已远离舞台，少有的登台多半是为学生们做示范。余少群回忆说："太师傅当时已经需要坐轮椅了，可还是亲自盯着我们小一辈的学戏。我们唱，她听着、看着，有一点点不足，她都能揪出来，甚至亲身示范一遍给我们学。"就这样，余少群跟着陈伯华，学习了整整六年，最终因为出演《玉簪记》被陈伯华收为关门弟子。大师对于这个关门弟子是寄予了厚望的，而对于弟子的转行,她也是念念不忘。"不论是在我学习从事汉剧艺术的十年里,还是转战影视的这些年,师傅都像当初收我为徒弟时一样关心我,不论何时见到她,老人家有一句教导总是挂在嘴边:'乖乖!不管在哪里,都要好好演戏,琢磨好戏里的角色。'"余少群对太师傅的这句话也是念念不忘。

美丽的榜样

※

廖静秋是活跃在新中国戏剧舞台上的一位杰出的川剧艺人。

1958年,著名川剧表演艺术家廖静秋去世后,巴金先生满怀惋惜和怀念之情,写下了一篇美文《廖静秋同志》,对廖静秋虽然身患绝症,却以顽强的毅力登台演出,为艺术鞠躬尽瘁的高尚艺德,给予了真诚的赞美,认为她是艺术家们的一个"美丽的榜样"。

廖静秋是活跃在新中国戏剧舞台上的一位杰出的川剧艺人。她在《梁红玉》《杜十娘》《昭君出塞》等剧目里,塑造了众多中国古代杰出女性的形象,给新中国的戏曲观众,尤其是川剧观众留下了永难磨灭的记忆。

廖静秋出生在重庆市潼南县一个贫穷的人家,小时候就像京剧《红灯记》里的小铁梅一样,每天拎着篮子出去拾煤砟子、捡石炭,卖点小钱贴补家用。她9岁的时候,母亲托人作保,送她入科艺学社,拜川剧艺人谭香云为师,学唱川戏。不久,

她学戏的戏班子散了伙,她就跟着师傅去成都另搭了戏班子。廖静秋18岁时在成都挂牌登台,她的"踩台戏"是《桂花亭》,于是就取了个艺名叫"桂蕊"。

在她的家乡,至今还流传着廖静秋"三回双江镇"的故事。

第一次回乡,是在1936年,廖静秋进戏班子学戏才1年多。有一天,她和小姐妹们在仁寿县堂口唱戏,一个从双江镇来的人给她带口信说:"妹娃子,你爹死了,停在屋里还没得钱下葬,你妈喊你回去看一下。"廖静秋找到戏班子管事的,要请假回去葬父。管事的却说,你一个黄毛丫头,回去也不顶用,晚上还要登台呢!小静秋把心一横:"我死也要回去看一眼!"当晚演完了戏,她悄悄拿了一套"麻冠孝服"的戏装,连夜赶回了双江镇。第二天,小静秋穿上孝服,见人就磕头,沿街募化葬父的棺材钱,总算把父亲掩埋了。

第二次回乡,是在1947年。这时候的廖静秋已经有些名气了。有一次,剧团从遂宁到合川演出,乘船顺江而下,经过双江镇码头时,廖静秋一口气跑了三里多路,回到镇上看望阔别的乡亲四邻。在河街口茶馆门前,她一眼看到了以前学戏的那个戏班的班主,就当着众多乡人的面,扑通一声跪倒在地,说:"要不是当初大伯的引荐,哪有我桂蕊的今天哟!"在场的人无不称赞她有情有义,懂得感恩。

第三次回乡,是在 1952 年春天。廖静秋已是赫赫有名的"名角"了。剧团到重庆演出,她特意绕道回到双江看望乡亲们。当晚,镇上的小剧团邀请她给大家唱一段,她丝毫没有推辞,并拿出 20 元钱说:"给乡亲们买点瓜子什么的吧,今晚我请客。"大家执意不从:"要不得,要不得嘛!哪有主人家吃客人的哟!"廖静秋却风趣地回答说:"用咱们戏班里的话说,这叫'行客拜坐客'嘛,'裁缝师傅的尺子——正尺(吃)'的嘛!"一句话,把大家逗得满堂大笑。大家问她想唱啥子戏,她想了想说:"我在双江镇学唱的第一出戏是《桂英打雁》,今晚我也来个'打雁'吧。"戏班子把这种临时的"坐唱"称作"围鼓"。这是廖静秋和乡亲们的最后一次聚会。

不幸的是,正当她的表演艺术日臻成熟,她全身心地在为新中国贡献自己的艺术才华的时候,灾难却悄然临近她的身边,她患上了癌症。当时,巴金、李劼人、沙汀等川籍文学艺术家,出于对廖静秋的敬重和对川剧艺术的爱护,认为现代医学虽然还无法挽救廖静秋的生命,但可以采用一些手段让她的表演艺术"保留"下来。于是,巴金他们联名向时任国家文化部副部长的戏剧家夏衍写信,建议尽快把廖静秋主演的一个川剧代表作《李甲归舟》(后改名《杜十娘》)拍成电影,以便永远流传下去。

这个建议得到了文化部的肯定，便把拍片的任务交给了北京电影制片厂。于是，廖静秋强忍着病痛的折磨，开始了我国川剧史上第一部彩色艺术片《杜十娘》的拍摄。

这几乎是一次与死神抢夺时间的艺术创作。廖静秋甚至做好了最坏的打算，哪怕死在舞台上，也在所不惜！在拍杜十娘投江那个镜头时，她从船头跳下去，第一次跌伤了腿，她忍着剧烈的疼痛重来一次，一共跳了三次，总算满意。这时候，她知道自己的病已经到了最后的期限，她的两腿肿胀得厉害，浑身剧痛难忍，脸上已经失去了血色……但是，凡是看过她的演出镜头的观众，没有一个人会相信，那个载歌载舞、气度不凡、自尊自爱的杜十娘，竟是一个挣扎在死亡线上的人扮演的。

1957年年底，廖静秋咬着牙坚持着，终于把《杜十娘》拍完了，为川剧艺术留下了一份珍贵的、永远的遗产。

沙元里的怀念

———— ✳ ————

这是无私的奉献,也是他对相声事业的执着。

朝鲜美丽的"三千里江山"之上,有个名叫"沙元里"的鲜为人知的地方。60多年过去了,沙元里,你是否还记得一位年轻的中国艺人的容貌和身影?

1951年春夏时节,中国人民志愿军在朝鲜战场上的胜利消息不断传到国内。这一年3月12日至5月底,由各界代表组成的中国人民赴朝慰问团,陆续抵达朝鲜,把祖国人民的感谢、问候和敬意,带到了志愿军将士们身边。

当时,北京文艺界也派出了一个由部分曲艺杂技演员组成的"赴朝慰问团曲艺服务大队",团员中有戏曲、评书、相声、快板、杂技、魔术等各个领域的艺术家和年轻艺人,著名相声演员常宝堃也在这个慰问团中。

4月23日这天,在朝鲜的沙元里,一个正在奔赴前沿阵地为志愿军战士演出的小分队,不幸遭遇到了敌机的疯狂轰炸和扫射，年仅29岁的相声演员常宝堃不幸中弹牺牲，同时遇难的还有弦师程树棠，另外几名队员也受了伤。

常宝堃是新中国一位优秀的相声表演艺术家，他的牺牲是为祖国、为艺术的献身。天津市人民政府授予他"人民艺术家"称号，并追认他为"革命烈士"。

常宝堃的艺名叫"小蘑菇"，1922年5月5日出生于河北张家口的一个相声艺人之家。"小蘑菇"这个艺名有两层含义：一是张家口这个地方的蘑菇非常有名，被称为"口蘑"，味道鲜美，暗喻他嘴上的"活儿"好；二是这个小男孩长得伶俐可爱，4岁时就开始跟着自己的父亲在集市上"撂地"卖艺，用他们的行话说是："撂地儿，零打钱，磨磨咕咕会要钱。"因为他童声清亮，口齿伶俐，加上聪慧机敏，学什么像什么，很受老百姓喜爱。9岁时，小蘑菇在天津正式拜著名艺人张寿臣为师，学说相声。

有了名师的指点，加上他自己的聪慧勤奋，刻苦练功，4年之后，13岁的小蘑菇在天津崭露头角，15岁时就与赵佩茹搭档登台，红遍了当时的平津一带。

少年和青年时代的小蘑菇，虽然身处日寇铁蹄之下的沦陷区，但他是一位有骨气、讲气节的爱国艺人。在日本人侵占平津时期，他与搭档赵佩茹合作演出了许多针砭时弊的节目，如

《牙粉袋》《打桥票》《耍猴》等，影射了天津"强化治安"时期物价飞涨、民不聊生的黑暗现实，也正是因为这些讽刺相声，他曾两次被抓进日本宪兵队，受到日本人的拘留审讯。但是，侵略者的凶残没有吓倒这位艺人，只能激起他更为强烈的爱国之心。

1949年1月15日，天津解放了。那天一大早，常宝堃推门出去一看，刚刚结束激烈的攻城战斗的解放军将士们，一个个都睡在大马路上！当时天津城里的市民不明真相，所有的店铺都大门紧闭，谁叫也不开门。战士们没水喝，也没干粮吃。常宝堃长这么大也从来没见过这样秋毫无犯的军队，顿时从心底里涌起一阵感动。他让几个战士跟着他走，来到水铺门口大声地叫门。水铺老板一听是小蘑菇的声音就打开了门，战士们终于喝上了白开水。接着，他又带着战士们敲开了另一家小卖部的门，战士们总算买到了一些干粮。

抗美援朝战争爆发后，常宝堃听说北京的侯宝林等相声艺术家都报名去朝鲜慰问志愿军，他的心里也很向往。

于是，他特意赶到北京跟自己的父亲商量。刚一进门，父亲一下子就猜出了他的心思，问："想去朝鲜，是吗？""是的，人家侯先生……""去吧，我支持你！"就这样，常宝堃得到了深明大义的老父亲的支持，顺利参加了赴朝慰问团。

当时，天津市委经过向中央请示，得到中央批准，天津单独成立一个演出服务中队，常宝堃既是北京服务大队的副大队长，又是天津中队的队长。

到了朝鲜前线之后，他们就像真正的战士一样，钻壕沟，住坑道，冒着枪林弹雨，时刻和志愿军战士们在一起。

有一次，他到山头上的一个前沿阵地演出，天近傍晚了，防空战士敲响了挂在树上的半块炮弹皮，作为"防空警报"。慰问团团员们听见声音，只好停止了演出，集体躲进了坑道里。不一会儿，常宝堃发现还有几个战士没进坑道，他就出来询问原因。战士们告诉他说，敌机有时是来吓唬人的，飞几圈就走了。常宝堃这才明白，就说："你们不怕，我们也不怕！走，咱们接着往下演！"于是，大家纷纷走出坑道，继续为战士们演出……

演出中，常宝堃还用相声里常用的"现挂"方式说道："好嘛！我们得感谢美国鬼子啊，他们知道天黑了，临时还给我们拉了几颗照明弹！"

不幸的是，4月23日，他和队员们遭遇到了敌机的轰炸，常宝堃头部被子弹击中，一代相声英才的鲜血洒在了朝鲜战场上……

常宝堃先生牺牲那一年，他的儿子常贵田只有9岁。《相声大会》的电视编导曾向常贵田问道："常宝堃这样为革命牺

牲的艺术家，给我们后人留下最珍贵的遗产是什么？"

常贵田不假思索地说道："敬业，奉献！"他这样感慨道："我父亲牺牲在朝鲜，常家倒了一棵参天大树，相声事业也倒了一棵参天大树，这是一个悲痛的事情。但是，他给大家做出了榜样！去前线能讲价钱吗？那是绝对没有的。这是无私的奉献，也是他对相声事业的执着。这是老先生留给我们的珍贵财富，我们要学习，更要传下去。"

"他只有他的莎士比亚"

*

朱生豪是把莎士比亚介绍到中国来的第一人。

我国现代文学翻译家、莎士比亚研究专家朱生豪（1912—1944）是中国翻译莎士比亚作品较早的人之一。他从1936年春天开始着手翻译《莎士比亚戏剧全集》。为了照顾到中国读者的阅读习惯，他打破了英国"牛津版"按莎士比亚写作年代而编排的剧本次序，而分为喜剧、悲剧、史剧、杂剧四大类编排，自成体系。他以自己短促的一生，在抗战年月辗转流徙、贫病交加的日子里，坚持翻译莎剧，先后译出了莎剧31种。最后终因劳累过度而患上肺病，过早地离开了人世。

1987年，朱生豪的遗孀宋清如夫人，把她珍藏了40多年的朱生豪留下的莎士比亚译稿，全部捐献给了他的家乡嘉兴市。人们看到，存放《莎士比亚戏剧全集》译稿的简易木箱上已是青苔斑斑，里面的纸色都已泛黄。但是，朱生豪娟秀整洁的字迹，却清清楚楚。一些戏剧界和翻译界的前辈评价说，他用优

美流畅的散文诗的笔调,淋漓尽致地传递了莎士比亚原著的神韵,典雅清丽的翻译影响了中国几代戏剧和翻译工作者。

然而有谁知道,这位翻译家和莎士比亚专家,生前为了他心爱的莎士比亚,付出了怎样的艰辛与劳顿呢?

朱生豪在杭州之江大学念书时,爱好诗歌写作,他在毕业前夕写过一首长诗,其中写道:"从此我埋葬了青春的游戏,肩上人生的负担,做一个坚毅的英雄。"

走出大学校门后,他又喜欢上了戏剧,并且开始醉心于莎士比亚。他认为,无论以诗人或戏剧家而论,莎士比亚都是独步古今的世界文豪。然而由于正处在战乱时期,他的翻译进度并不顺利。

1943年,新婚不久的朱生豪带着牛津版《莎士比亚戏剧全集》和两本英文字典,回到了嘉兴老家。他闭门深居,不到两年时间译出了22个剧本。宋清如回忆说,在嘉兴的那段日子,全家依靠他微薄的译稿费生活,仅能免于断炊,每天以咸菜、豆腐佐餐,偶尔晚餐才可做个小菜改善一下。有时甚至连买牙膏的钱都没有。到后来,连抄写译稿用的方格纸都买不起了,只能用普通的白纸替代。朱生豪却"只有他的莎士比亚"!他什么都没有,当时连住的房子也是借他弟弟的。但是朱生豪从不计较物质享受。有一次他安慰宋清如说:"我们很贫穷,但我们无所不有。"

由于积劳成疾,朱生豪结核病恶化后,一直卧床不起。但他每天惦念着他的莎士比亚。有好几次,他躺在床上情不自禁地高声朗诵着莎剧的原文。直到他临终前几天,谈话中依然念念不忘翻译莎剧的未竟之业。他满怀遗憾地对宋清如说:"早知一病不起,拼着命也要把它译完。"

临去世前,他还不忘叮嘱自己的弟弟朱又振,一定要接着译完莎士比亚的六部历史剧。

1944年,朱生豪英年早逝,去世时仅仅32岁。有人评述他的一生,就像是一首含蓄、冲淡的小诗,平和里显出清丽,深沉中不失热烈。只是这首诗太短,留下了很多遗憾。

虽然如此,他对人类文化的贡献,他献身艺术的默默无闻的精神,却将如同他的莎士比亚一样,与人类同在,与天地共存!

如今,朱生豪的墓地已无处可寻。当年埋葬他的地方,后来成为一片厂房毗连的工业区,甚至连凭吊的遗迹都一无可辨了。但他曾经写给宋清如的一段话,却让每一个热爱莎士比亚、热爱人类文化的人感动和敬仰。他是这样说的:

"要是我死了,好友,请你亲手替我写一墓志铭,因为我只爱你那一手'孩子字'。不要写在什么碑板上,请写在你的心上:'这里安眠着一个古怪的孤独的孩子,你肯吗?'"

笔记本里的素材

---*---

他每到一处,总不忘记带上一个小笔记本。

1836年春天的一个晚上,俄罗斯圣彼得堡的亚历山德琳娜大剧院正上演一出戏,戏名是《钦差大臣》。这是个讽刺喜剧,剧本写得极其精彩,演员的表演也非常出色,观众完全被征服了,不时爆发一阵阵欢快的笑声和热烈的掌声。

这时,从豪华包厢里站起来一个人,他是沙皇尼古拉一世。只听他恨恨地对身边的王公大臣说:"这叫什么戏?我感到它在用鞭子抽打我们的脸,其中把我抽打得最厉害。"说罢他就出了包厢,气呼呼地回到了宫中。贵族大臣们早就感到不痛快了,因为这个戏好像是专门讽刺他们的。沙皇一走,他们一个个也赶紧溜掉了。

当然,戏还在继续,观众们还在热烈地鼓掌和欢笑……

这出戏的作者,就是俄国伟大的小说家和戏剧家果戈理。

尼古拉·华西里耶维奇·果戈理(1809—1852)出生于乌

克兰一个地主家庭。他父亲博学多才，爱好戏剧，曾经用俄文写过诗，用乌克兰文写过剧本。他常带着年幼的果戈理去看戏，所以果戈理从小受到艺术的熏陶，尤其喜爱乌克兰的民谣、传说和民间戏剧。

由于父亲早逝，他离家去圣彼得堡谋生，曾经在国有财产及公共房产局和封地局先后供职。正是在圣彼得堡的这段经历，使他感受到了世态炎凉，饱尝了下等小职员的艰辛，也使他看到了严酷的社会现实的本质以及官场的黑暗与腐败，尤其对普通民众生活的苦难有了真切的体会和了解。这些都成为他日后文学创作的素材和动力。

还在上中学时，他就尝试写剧本，在学校举行的节日晚会上，果戈理亲自登台演戏，他尤其善于演老年人的角色，老师们都说他有做演员的天赋。到了圣彼得堡，果戈理结识了当时著名的诗人茹科夫斯基和普希金，这对于他走上创作道路起了很大的影响作用，尤其是他与诗人普希金的师友之谊，更是被传为文坛佳话。

1831年至1832年间，年仅22岁的果戈理发表了短篇小说集《狄康卡近乡夜话》。这部小说集把优美的传说、神奇的幻想和现实、自然的素描融为一体，以明快清新和带有幽默的笔调，描绘了乌克兰大自然的诗情画意，讴歌了普通人民勇敢、善良

和热爱自由的性格，同时也讽刺了现实生活中的自私和卑鄙。这部小说集受到大诗人普希金极大的赞赏。

1835年秋天，果戈理去拜访普希金。两人谈了一些文学创作上的问题后，普希金讲了一个笑话，是他亲身经历的事。他说："两年前，我到喀山一带搜集材料，准备写一部关于普加乔夫的历史著作，路过奥伦堡附近的一个小县城时，那里的县长听说我是圣彼得堡来的，便把我当作皇上派去的'钦差大臣'，拼命奉承巴结我，还向我行贿。请想象一下当时他们的丑态吧！我一再声明自己不是什么'钦差大臣'，等他们弄清了真相，对我的态度立刻不同了，像变成另外一个人似的。"

"竟然会有这种事！真可笑。"

"是啊，这样的事也许在我们专制的俄国不知发生了多少次。说起来，这真是个喜剧素材呢！"

1835年年底，果戈理根据普希金提供的这个素材，写成了著名的讽刺喜剧《钦差大臣》。1836年4月，《钦差大臣》在圣彼得堡的亚历山德琳娜大剧院上演，轰动了整个圣彼得堡，也就有了前面说到的在剧院豪华包厢里的那一幕。

从1835年起，果戈理就开始了他的长篇小说《死魂灵》的创作。这部没有完成的作品是果戈理的创作达到顶峰的标志。《死魂灵》的第一部在1842年问世。这是一部卷帙浩繁、人物众多的鸿篇巨制，通过对形形色色的官僚和地主群像的生动描绘，有力地揭露了俄国专制统治和农奴制度的吃人本质。当时果戈理已经病魔缠身，正在意大利养病。因为远离祖国，在极度苦闷中的果戈理着手写《死魂灵》的第二部。他想在第二部里写几个好的地主，树立起俄国地主的正面形象，但他写了很长时间，仍然不满意，最后他一气之下把第二部的手稿扔进壁炉烧掉了。

果戈理终身未娶，几乎是在穷困中度过了短暂的一生。他于1852年3月4日溘然长逝，年仅43岁。但他在20多年的创作生涯中，以一系列脍炙人口的佳作丰富了俄罗斯的文学宝库，成为19世纪俄国批判现实主义文学的一代宗师。在他的创作影响下，出现了涅克拉索夫、屠格涅夫、冈察洛夫、赫尔岑、陀思妥耶夫斯基等一批批判现实主义作家。陀思妥耶夫斯基曾说："我们所有的人都是从果戈理的《外套》中孕育出来的。"果戈理因此享有"俄国散文之父"（普希金是"俄国诗歌之父"）的美称。

作为一位伟大的文学家，果戈理也为后来的作家们留下了许许多多值得借鉴的写作经验，例如有名的"果戈理笔记本"的故事。

据说他每到一处，总不忘记带上一个小笔记本。他把所听

到的奇闻怪事，看到的风土人情，读过的警句，看书后的心得，都毫无例外地记在小笔记本里。果戈理的笔记本里，蕴藏着他取之不竭的创作素材。许多关于乌克兰的风俗习惯、民间传说、民歌谚语等，都记录在他的笔记本里。

有一次，他请一位朋友上饭馆吃饭，直到服务员把饭菜全部摆上来了，他还在一个劲地埋头往小本子里写什么。他的朋友见了觉得十分奇怪，便好奇地问道："你饭也不吃，在本子上写些什么呀，这么重要？"

"哦，你不知道，真是太奇妙了，这份菜单对我太有用处了！"果戈理异常兴奋，像寻觅到什么宝贝似的。

"那也得吃饭啊，看，饭菜都快凉了！"他的朋友催促着。

可别小看了他抄在笔记本里的这份菜单，后来果戈理在他的一篇小说中，这份菜单就派上了用场。据说，小说中出现的菜肴都是根据这份菜单安排的。